外れスキルの
追放王子、
不思議な
ダンジョンで
無限成長
Expulsion prince of out-of-skill, infinite growth in a mysterious dungeon
∞
Illustrated by
珀石碧

「全く読めんな。これは……古代語か」
遥か昔に栄えた古代文明。
今より進んだ魔法技術を持っていたようだが、
長い歴史の中で滅んでいる。
石碑の文字はその古代文明で
使われていた字に酷似しているのだ。

石碑を更になぞると
頭の中に声が流れ込んでくる。
聞いたことのない抑揚と発音、
不愉快な感覚を我慢していると、
次に聞こえてくるのは――
聞き慣れた言葉だった。
《三千年ぶりの来訪者よ。ここは神々の領域》

シーラ・ルンベック
双子のエルフの妹の方。
奴隷商から助けてくれた
アンリの事を信頼するように。
トール・ルンベック
双子のエルフの姉の方。
いつも明るくて負けん気の強い少女。
妹の事が大好き。

アンリ・ルクスド・ボースハイト
王国の第十二王子。
能力《劣化無効》を持ち、
追放されて辺境の地へ。

知っている剣術の型、
目が慣れてきて姿が見えてくる。
灰色の髪、軽鎧をまとった男で、
エイスはその男をよく知っていた。

「アンリ兄様っ‼」

サレハ・ルクスド・ボースハイト

アンリの異母弟。王宮の中で凛と生きるアンリを
ひそかに尊敬していたが、
マナ体質をエイスに利用され
アンリを襲う手助けをしてしまう事に。

エイス・ルクスド・ボースハイト

王国の第八王子で
アンリの異母兄。
屍を自在に操る死霊術師。

サレハが声を振り絞って叫び、
涙が地面を濡らす。
エイスは歯が折れそうなほど噛み締め、
憎々しげにアンリを睨んだ。

CONTENTS

[Illust.] 珀石碧
[Design] AFTERGLOW

外れスキルの追放王子、不思議なダンジョンで無限成長

ふなず

角川スニーカー文庫

22579

プロローグ

Expulsion prince of out-of-skill, infinite growth in a mysterious dungeon

王宮には魔物が住む――と言われている。

実際に王宮内で魔物が闊歩しているという意味ではなく、陰謀溢れる王宮内では、魔物より非道な人間が育まれるということだ。

王位継承権を巡る熾烈な派閥争いにより、俺の兄弟達も互いに憎しみ――相争い、その数を減らしつつある。

こう考えると俺達は魔物と生態を共にしているのでは？

そんな益体もないことを考えながら四頭立ての馬車に揺られている。

馬車の窓から見える、馬に跨った護衛達は――傷一つ無い鎧と高そうな剣を佩いていて、険しい表情で油断なく任務に励む姿は王族たる俺に相応しいだろう。

それに颯爽と魔物を屠る宮廷魔術士は何と頼りになるのだろうか……。

「オーク三体確認。対魔物魔術詠唱開始！」

火炎弾が勢いよく飛んで魔物が爆散するが、車輪は知らないとばかりに回る。

「騎兵は散開しつつ残敵を掃討せよ！　馬車に一体たりとも近づけさせるな！」

剣が唸りを上げて魔物の首が飛び、馬車を引く馬がひひんと鳴く。

王都を出てから何日経ったかもう忘れてしまった。街道すら無い無人の草原を俺達はただ進んだ。そんな旅の終わりは乱暴に開けられた馬車のドアが知らせてくれる。

「ここが俺の領地か」

馬車から大地に降り立つ。今、俺は何一つ無い草原の上に佇んでいる。風が吹くと緑の大地がなびき、とても綺麗だ。

「それではアンリ殿下、ご健勝をお祈りします」

護衛はパンや水が入った大袋を馬車から無造作に放り投げるので、俺は仕方無しに大袋を屈んで拾う。

これは私物であるので当然のごとく俺のものだ。

「殿下……宜しければ私の剣を、それと……ハーフェンで追加の物資を買い求めておりました。よければ、こちらをお持ちになって下さい」

五人いる護衛の内の一人。年若の護衛は俺を心配してくれていた。

反面、他の護衛は眉を顰めて〝世間知らずの若者〟を苛立ち混じりに睨みつけている。

「勘違いするな下郎が。俺は誇り高きボースハイト家の生まれだ。決して乞食の真似事はしない」

俺の冷淡な言葉に若者は畏縮した。冷ややかだった周りの護衛の目は憎悪を含んだものに変わる。

ボースハイトの家名——王国の第十二王子に相応しいものに。

「図に乗るな。失せろ」

「そんな……私は……良かれと思いまして……」

若者が追加の大袋を地面に落とす。出来れば飛びついて今後の生活の糧にしたいが、ぐっと堪える。親切心が乾いた心に染み渡るようだ。

「だから言っただろう。王族に期待すんなって。こいつらは俺達のことなんて路傍の石以下としか見てない」

遠巻きに見ている宮廷魔術士には聞こえない小声で、年かさの護衛が若者に注意した。

「ですが隊長。私は……」

「アンリ殿下……いやアンリの目を見ただろう。濁った目……こいつも悪魔の一族だよ。もう関わり合いになるな。これは命令だ」

若者以外の護衛がこちらを睨みつけてから騎乗する。

馬が嘶きを上げて車輪がゴトリと音を上げれば、馬車はどんどん進んで、遠くに消えていった。

　若者は唇を噛み締めていた。悔しいのだろうか。裏切られた気分なのだろうか。

「悪魔の一族か。確かにそうかもな」

　あの若者には酷いことをしてしまった。いや俺と同い年くらいだから若者と呼ぶには語弊があるか。

　だが……これで、良かった。

　争いに明け暮れる王宮は伏魔殿なのだ。もし俺に剣を、いやパン一つでも渡そうとするならば、監視役の宮廷魔術士は見逃しはしない。

　制裁はあの若者が想像も出来ないほど悪意に満ちたものになる筈だ。父母や妻子、大切な人が残酷な手法で処分されるだろう。

「はぁ……」

　ため息を一つ。

　俺の状況を端的に言うと――追放の一言に尽きる。

　十六歳の成人の儀において言い渡された任は、この草が広がる地の領主になる事だった。

　上の兄達がニヤニヤと笑っていたので、何かしらの手回しをしたのだろう。

「クズどもが！　俺が何をしたと言うんだ、ふざけやがって……！」

苛立つ気分は土を蹴ってもごまかせない。惨めな気分が倍増するだけだ。

この仕打ちは激化する派閥闘争の余波とも言える。腹違いの兄達は暗殺ではなく追放を選んだ。俺が務めを果たせずに、この草原で魔物に喰われることを期待しているのだろう。

草草草、草しか無い。遠くに山も見えるが、それがどうしたというのだ。俺の憤懣はやる方なしである。

さらに俺を嬉しくさせてくれるのは、ここは国境付近の見捨てられた地であることだ。もっと王国内に進めば防壁に囲まれた都市があるが、歩いて行ける距離ではない。

魔物や盗賊が跋扈するこの地に安息は無く、統治するにも費用対効果が薄くて王国内でも半ば放置されているのだ。

「隠れられる場所を見つけないと、魔物に喰われそうだな……」

草原を探索することにしたのだが、山を見やればワイバーンの群れが悠々と飛んでおり、俺の心胆を寒からしめた。

あれがもし気が変わって草原に降りてくれれば、一瞬のうちに殺される。もしくはワイバーンのヒナの餌にされる。

「もう嫌だ……ベッドで眠りたい」

できるだけ姿勢を低くして草原を進む。手持ちの食料を考えると、安全な場所を今日中に確保しないとマズイ。そして食料を自給する手段も考えないといけないのだ。

「呪われろボースハイト家よ。呪いあれ。断絶しろ」

ぶつぶつと呪詛(じゅそ)を吐くが事態は好転しない。そもそも俺もボースハイト家の一員なのが腹立たしい。

いつか王宮を俺の手で燃やしてやる！　と心に誓いながら草原をトボトボと歩いた。

それから半日が経ち、日が落ち始めて辺りが暗くなってきた。相変わらず建物などは見つけていない。

「これは死んだかも……。申し訳ありません母上……息子が今からそちらに向かいます」

独り言でも呟(つぶや)かないと精神が持たないし、そもそもボースハイト家の男である俺が母上と同じ天の国へ行けるわけがない。

足が棒になりそうだが、それでも草原をただただ進む。夜の闇で生き延びられるとは思えない。

「――っぅう！」

踏み出した右足が地面を踏んだ瞬間。音を立てて地面が崩れた。体の制御を失った俺は土や草とともに、地中に落下する。

「痛た……なんだ落盤か……」

幸運なことに怪我はない。上を見上げれば大人三人分はあろうかという高さがある。下の土がクッションになったせいか、骨折などはしていない。

「縦穴かあ。上には……うん頑張れば上がれるな」

壁面はただの土なので、頑張れば登れるだろう。しかしふと思う。この穴の中って安全じゃないかと。そうと決まれば話は早い。

俺は土を手でほじくって横穴を掘り、今晩の寝床のためのスペースを確保しようとする。これなら上から覗かれても気にもされないだろう。

ひたすらに掘っていると、何とそこには見たことのない材質で出来たドアがあった。

周りの土を落として全容を見てみる。

「何だ……これは」

見た目は大理石のようだが長い間地中にあったにもかかわらず一切の欠損が無い。触れば金属のように硬くヒンヤリとしている。

ドアを開けると空間が広がっていた。ドアと同じ材質の壁と天井。見た目には白の大理石のようで、窓は当然だが無い。部屋の中には墓のような石碑と地下へと続く階段がある。

俺は石碑のホコリを払い、読み取ろうとする。

「全く読めんな。これは……古代語か」

遥(はる)か昔に栄えた古代文明。今より進んだ魔法技術を持っていたようだが、長い歴史の中で滅んでいる。石碑の文字はその古代文明で使われていた字に酷似しているのだ。

《あ――ル――イン、――――三、千――――》

石碑を更になぞると頭の中に声が流れ込んでくる。聞いたことのない抑揚と発音、不愉快な感覚を我慢していると、次に聞こえてくるのは――聞き慣れた言葉だった。

《照合完了――発音を調整――ようこそ、人類。我々は貴方(あなた)を歓迎します》

声の主を捜す。部屋に人影は無し。魔術で声を飛ばしたのかと思ったが、よく見ると、部屋中央の石碑が光り輝いている。

《三千年ぶりの来訪者よ。ここは神々の領域》

聞いてもいないのに石碑は語りかけてくる。声は若い女性のものだが――石碑に性別という概念はあるのだろうか。

「食料はありますか？」

たまらずに聞いてしまった。

《そこの階段を降り、ダンジョンを踏破するのです》

俺の話は聞いてくれない様だ。そもそも石碑に意思があるのかが分からない。魔術により決まった言葉を繰り返している可能性もある。

「よし！　決めた！」

膝をパンと叩いて意志を固めると、地下へ続く階段が光り出す。あからさまにここに入れと言っている。

「草原で食料探してくる」

絶対に入らない。そう決めた。この十六年間、俺は暗殺から逃れる為に危機察知能力を高めてきたのだ。

だから思う。こんな罠っぽいダンジョンに入ってたまるかと。

第1話　ダンジョン

Expulsion prince of out-of-skill, infinite growth in a mysterious dungeon

絶望が俺と友達になろうとしてくる。

具体的には三日経ち、パンの在庫が尽きた。水は近くにある川で何とか汲(く)めるが、周りには魔物が多くて水を汲むのも命がけだ。

石碑がある部屋の隅っこ——俺は膝を抱えて飢えと渇きに抗(あらが)っている。外の草原は恐ろしい場所であり、全存在が俺の儚(はかな)い命を否定しようとしてくる。

「………」

石碑をチラリと見る——すると淡く光る。

なんのアプローチだそれは！　見ているだけで腹が立つ!!

外で拾ってきた石を投げつけるが、硬い音がして跳ね返る。傷一つ付いていない。

「ダンジョンに入るしか無いのか……このままでは死ぬ」

石碑がひときわ強く光る。絶対聞いてる。

《どうか武運があらんことを》

石碑の声を後ろに聞きながら、ダンジョンへと続く階段を降り始める。途中で薄い膜を突き破るような感触があったが、気にしても仕方がないので無視した。

辺りに光源はなく薄暗い。足を踏み外さないように注意しながら進んでいると、次第に入り口が見えてきた。そこは階段とは対照的に、地下とは思えないくらいに明るい。

目に入るのは直方体の部屋。全ての面が石で出来ているが、それ自体が淡く光っている。

「凄(すご)いな。この石を持って帰れれば高く売れそうだ」

壁に手をついてまさぐる。投石用にと考えて、外から持ってきた石で削ろうとしたが、傷を付けることすら出来なかった。石碑はここを神々の領域と言っていたが本当かもしれない。

「出口は二箇所あるな」

出口からはどちらも長い通路が続いている。他の部屋に行けるのかもしれない。ふと、足元を見ると剣が落ちていた。無造作に。

「なんだ……この感覚は……」

剣を握りしめると音声のような文字のような――不思議な感覚が流れ込んでくる。剣の材質は鋼鉄であり、強化値は『+1』であると。

ダンジョンなどのマナが満ちた場所では影響を受けた魔法の武具が見つかることもある。だが強化値という概念は初耳だし、己が何であるかを伝えてくる武具など聞いたことは無い。

ここは古代人の遺跡なのだろうか。何もかもが未知である。

「あからさまに罠だな。俺をダンジョンの奥に誘い込もうとしているのか?」

靴紐(くつひも)の緩みが気になるので、壁に手をついて片足を上げた。すると「カチリ」と音がして壁の一部が凹(へこ)む。

なんだろうか……とっても嫌な予感……。

——刹那(せつな)、壁の穴から矢が飛んで来る。風鳴り音と共に空を切る矢は、正確無比に俺の太ももを貫いた。

「ぐうおおおおおお!!」

血が流れる。驚愕(きょうがく)、血潮を踏みにじるような熱。赤熱した鏃(やじり)が刺さったのかと思ったが——違う。痛みは熱なのだ。熱が来て、次に耐え難い痛みがやって来る。

「クソお! ポーションも無いってのに!!」

足から流れる血は止まらない。矢を抜くべきか？　ガチガチと歯を嚙みながら考えるが、どうも妙案が浮かばない。

流れる脂汗と痛みが思考を奪っている。

明確な死の気配。足をやられた兵士は長生きできないと、どこかで聞いた。足の負傷はまさに致命傷なのだ。

「あああぁああ!!」

音がしたので顔を上げると、そこには青色のスライムがいた。進むたびにその胴体がグネグネと形を変え、粘着質な音が響く。

剣で何とか追い払おうとしたが、液状の体には効果が薄い。むしろスライムの酸により剣が少し溶けている。

「ああぁ!!　鋼鉄の剣が『-1』になった!!」

強化値とやらが下がった。だがそんな場合ではない。焦る、焦る。次の最適解は何だ。

「クソが！　待てぃ！　話せば分かる!!」

話し合い。古代のダンジョンであれば——魔物も知性を持っているかもしれない。

だが、期待は失望に変わる。スライムは体を縮め、反発力を頼りに飛ぶ。反撃は間に合わずに、直ぐに視界が真っ暗になった。

酸が全てを溶かしている。開けた口から粘体が滑り込んできて、喉の奥が熱い。何も見えない。俺の目はどこだ。俺は生きているのか？　もう死んだのか。何も分からなくなる。

「────ッッ────!!」

寒い。あんなに傷口が熱かったのに、いまでは嘘のように全身が寒い。人生──あまり良いこと無かったなあと、薄い意識の中で思い、

──そこで意識がプツリと途切れた。

《蘇生魔術の実行──復活を確認》

頭の中に響く声で目が覚める。背筋が凍りつくような感覚がまだ残っていた。

「敵はどこだっ!!」

ガバリと飛び起きて、周りを見渡す。一番新しい記憶はスライムにこの身をゆっくりと溶かされながら死んだものだ。あれは夢だったのか？　高度な幻惑魔術だったのだろうか。

《マナ回収──上昇分恩寵度の初期化──致命的失敗》

石碑は何か失敗したらしい。心なしか声もしょぼくれて聞こえる。

《再試行──マナ回収──上昇分恩寵度の初期化──致命的失敗。時間超過により試行放

棄》

再度やるところに性格の悪さが表れている。どうやら致命的に失敗したようだが、俺の体の特性が影響しているのだろう。

「ここは……石碑の部屋か？　ならばさっき死んだのは夢なのか？」

周りを見回して確認したが、ダンジョンに入る前と何ら変わりがない。部屋の真ん中に石碑があり、その奥にダンジョンへ入る階段があるだけだ。

石碑をじっと見ると、こちらを馬鹿にするように赤く点滅している。目が痛いから止めて欲しい。

「言いたいことがあるなら……言えばどうだろうか？」

石碑の表面を軽く叩く。すると赤点滅が終わり、書かれている文字が瞬時に移り変わった。ご丁寧にも知っている言葉で書かれている。

アンリ・ルクスド・ボースハイト
恩寵度：〇〇三　能力（スキル）：劣化無効
一階層　累計死亡回数：〇〇〇一
矢の罠で弱ったところを腐食粘体（ブルースライム）に溶かされて死亡。

俺の名前をなぜ知っているのか――背筋がゾクリとした。

どう見ても先程のダンジョンの挑戦結果だ。〝劣化無効〟は俺の生来の能力(スキル)であるが、石碑は調べる手段を持っているのだろうか。恩寵度の三という数値も確かに合っている。これは力の根源たるマナがどれだけ体に適合したかを示す値――魔術士の素養があれば魔術の威力に影響し、逆に戦士としての素養があれば身体能力を飛躍的に高める。だが……世間一般的には魔術士の方が偉い。戦士は魔術士になれなかった、才能のない者とも言える。どんな人間でも鋤(すき)や鍬(くわ)は振れるし――それは戦士の素養と似通っているのだ。体が頑強な者は重宝はされど、貴族的な名誉には欠けるところがある。

悲しいことに俺は圧倒的に戦士向きなのだ……まあ、それはさておき――

「累計死亡回数『〇〇〇一』ってどんだけ桁数(けたすう)を用意してるんだよ!!　何回殺す気だ!!」

ふざけている。まるで俺が何万回も死ぬのを楽しみにしているようだ。

「なぜ……恩寵度という概念を知っているんですか？」

《秘密です。貴方(あなた)に権限はありません》

「…………」

《…………お腹が減ってそうな顔ですね》

「死にそうなほど減ってますね。このままだと、二回目の死は餓死で決まりそうです」

恨み言を言うと、石碑の前に光の柱が顕現する。淡い光の跡には〝薄紙で包まれた細長い棒〟があった。

《救世棒三型(メッレ・ヴィルガ)——我々の時代の救荒食糧です。今回の踏破点と引き換えに差し上げます》

踏破点？　名称から察するにダンジョンを攻略した点数なのだろう。

「頂きます。感謝します石碑様」

毒が入っているかを確かめる術(すべ)はない。可否はどうであれ、食わなければ死ぬのだ。

薄紙を破いて棒に齧(かじ)りつくとサクッと小気味良い音。とても芳醇(ほうじゅん)で、目を瞑(つぶ)れば広大な小麦畑が見えるようだ。味は蜂蜜(はちみつ)に近い。

これは……美味(うま)い。一本だけで満足かつ満腹。まさに滋味溢(あふ)れる食糧だった。

「美味い。昔の人はこんなに美味いものを食べていたのか」

《……本当に……美味(おい)しいと。嘘じゃないですよね？》

「確かに口の中の水分は全て失われたが、それを打ち消す美味しさですね」

《文化成熟度の違いとは恐ろしいものですね。それと踏破点と引き換えに様々な特典を用意しております》

「となると——古代の遺物ですか。質問だが在庫は無限なのだろうか？」

《秘密です》
「ダンジョン内での蘇生は無限に出来るのだろうか？」
《秘密です》
蘇生は神代の大魔術だ。おいそれと出来るものではない。
「なぜダンジョンに俺を潜らせようとするのですか？」
《秘密です》
「最後に……貴方の名前は？」
《——ル・カーナと申します。ルが偉大な家名、カーナが名前です。貴方の時代の命名法とは順番が逆ですね。これからもダンジョンを通じて末永いお付き合いを所望します》
一気に不安になる。だが……俺の生命線はこのダンジョンしか無い。まずは体を鍛えて、外で魔物を狩れるようになるまでは頑張るべきだ。

第2話　ウィル

石碑を触って生息している魔物の一覧を見て名前と特徴を覚えてから、ダンジョンに潜る。

蘇生魔術の可否はどうにせよ、死の臭いが漂う草原で食料を探すより、このダンジョンで踏破点とやらを稼ぐ方が賢明だ。

先程俺が死んだ場所で鋼鉄の剣を拾う。魔物をやり過ごしつつ入り口付近を散策したが、予想通りに武具等は落ちていない。鋼鉄の剣は俺を誘い込む呼び水だったのだろうか。

「踏破点を稼いで武具を揃える。そして食糧を確保し、遺物も防衛用に集める。人生は順風満帆だな」

目標は言葉にすると良い。強い言霊は俺を慰めてくれる。

次の部屋に行くために右の通路を通る。明るい部屋に比べると通路は薄暗い。少し先は見えるが、奥の方までとなると何があるかも分からない。

足音を殺して魔物を避け、何とか次の部屋に着く。

「魔物……」

部屋の中には盗人子鬼（シーフゴブリン）がいた。緑肌の魔物は背中に大袋を担いでいた。中には何が入っているのだろうかと、疑問が湧く。死体だろうか。

「――グ、ギギィギ」

耳障りな声。へんてこな魔物はキョロキョロと辺りを見回している。

「すまん」

後方から忍び寄り、十歩の距離から全力疾走。全体重を乗せた突きを魔物に入れる。

「グギャア」と悲鳴を上げて魔物は死に、死体が光りながら消えた。

「死ねば体が消える。カーナはマナの回収と言っていたな。特殊な手法で魔物を生み出し、死んだら回収させているのか？　ううん、分からん」

全てが常識の埒外（らちがい）にある。古代人の秘匿された魔術なのだろうか。

「なになに〝壁消しのスクロール〟か」

袋の中にはスクロールがあった。

剣と同じように持つだけで効果が何となく分かる。なんでも壁を消し去ってくれるそうだが、これなら名前だけ教えてくれたら十分理解できる。

壁にもたれ掛かる。すると「カチリ」と音がして、背筋に冷たい汗が流れた。

「罠だ!! うぉおおおおおおっ!!」

全力で前方に飛び込んで避ける。

後方で矢が通り過ぎ「ガツン」という音を立てて向かいの壁に突き刺さった。

「はは……はははは……」

二度も同じ罠を食らうわけにはいかない。立ち上がって体についた土埃を手で払う。

それにしても、このダンジョンではスクロールも一風変わっている。世間的にはスクロールは小規模な魔術を閉じ込めたものであり、火炎弾とか雷の矢を飛ばすのが関の山なのだが。

「ひとまず使ってみよう。目の前の壁が無くなれば地形を利用できるか」

巻かれたスクロールの封を解くと、スクロールは端の方から燃え尽きていき——

——効果が顕現する。爆音が鳴り響き〝階層全て〟の壁が消えさる。嬉しいことに全ての魔物が俺に気づいたようだ。爛々とした魔物の瞳は獲物を見つけた喜びからか。

「……ああ……掛かってこいっ!!」

入り口の方にも魔物はいる。逃走は不可能。

ならばヤケクソだ。どうせ死ぬなら一体でも多く道連れにしてやる。腐りきった王家の剣の鋭さを思い知れ。

「——っらあっ!!」

グレートソードを持った騎士甲冑（かっちゅう）を上段から斬りつける。だが、割れた兜（かぶと）の中身は空っぽである。確かこいつの名前は虚騎士（ホロウナイト）。

しかし魔物は頭を失っても健在。グレートソードが俺の足元を狙って振るわれ、右足が斬り落とされた。

「——っあぁあああ!!」

脳の奥が痛みでビリビリと震える。体勢を崩して倒れ込むが、破れかぶれに剣を全力で投げつけた。見事に命中するが致命傷にはならない。

「俺は絶対死なない!!　俺にはやる事が……!!」

俺のやるべき事とはいったい何だ。自問自答が終わる前に、一風変わったモンスターを見つける。太ったオークは拳大（こぶし）の石を振りかぶって——全力で俺に向かって投げた。

「お前は投石豚鬼（カタパルト・オーク）か……みご——」

最後までは言えなかった。耐え難い痛みがある。血を吐きながら胸元を見ると、左胸部分に大穴が空いている。呼吸をすれば風が通り過ぎる音がして、ゴボゴボと血が溢れる。

もう体は動かない。目の前の虚騎士（ホロウナイト）が上段にグレートソードを構える。それが最後の記憶となった。


死ぬのって嫌だな。痛いし怖いし。それと死に慣れるのが恐ろしい。蘇生（そせい）魔術なんて使える人が居ない外では、文字通り死ねば終わりなのだ。

安全策を取って、ここ数日は一階層の入り口付近で弱い魔物をひたすらに倒した。スライムとかゴブリンとか。

あと消えたはずの壁はいつの間にか元通りになっていた。訳が分からん。

「はぁ〜〜」

変わらず部屋には石碑がある。ため息をついてから触れると、文字が移り変わる。触る場所により反応が変わると分かってからは、少しずつ操作にも慣れてきた。

アンリ・ルクスド・ボースハイト
恩寵（おんちょう）度：〇〇五（一増加）　能力（スキル）：劣化無効

一階層　累計死亡回数：〇〇〇三

蜘蛛(くも)の糸に搦(から)め捕られる。そして――近寄ってきた爆弾甲虫(ボムビートル)の爆発に巻き込まれ、芸術的に散華した。

死んだのはさておき、嬉しいことに恩寵度が五へ上がったのである。来た当初は三だったから二も上がったのだ。マナが体に満ちて身体能力の高まりを感じる。

「ウィル、面白い死に様だろう」

辛(つら)いダンジョン生活で俺は癒(いや)しを求めている。会話は心をとても落ち着けてくれるものであり、時たまこうしてウィルに話しかけている。ウィルとは水を汲(く)むために出向いた草原で、運命の出会いを果たしている。

「ウィルは知らないだろうけど、恩寵度が五あると正規の兵士並み。十もあれば上級兵相当なんだ。六十もあれば中級の竜種すら狩れるとか。歴史に残る英雄ってやつだ」

効率的に魔物を狩れる環境は稀有(けう)だ。恩寵度を上げるには戦闘経験も大事だが――手っ取り早い手段として〝相手を殺す事〟が挙げられる。

殺し合いにより魂同士の関係は密接になり、決着が付けば相手が蓄えたマナの一部を魂に取り込めるのだ。

「マナによる魂の侵食。これが恩寵度――強さの基準だ。測定は専門の魔術士にやってもらったり、魔導具で代用することもある。王国では恩寵度じゃなくて侵食度って言いかえさせる動きもあるんだけど――これは宗教勢力を弱めさせる思惑があってな。おっと、ウィルには難しいかな？」

恩寵度は百を超えてはいけないとは誰の言だっただろうか。思い出せない。

「……相変わらず寡黙だな。返事もしてくれないし、俺は寂しいよ」

ウィルの頭を撫でる。すべすべとした手触りが心地よい。

「ん……何だ……？」

入り口の方で大きな音がした。重い何かが落下する音だ。獣のような呻き声も聞こえる。

「カーナ、急いで武具を。俺の踏破点はいくらありますか？」

剣はスライムに溶かされて鈍くなっているが、まだ使える。

《現状ですと五十ほど。報酬一覧を表示します》

読むのが面倒なほどの長大な報酬一覧が浮かび上がる。ざっと見た所、武器種や防具種、それに材質が点数計算の基準になっているようだ。

「鋼鉄の軽鎧で」

《承知しました。三十点消費します》

軽鎧――部分鎧とも言うのだろうか。それぞれのパーツを急いで装着すると、魔法鎧らしく体にフィットするように大きさが変わった。

「草原から何かが落ちたか……ウィルはここで待っていてくれ。俺が見てくるから」

危険が心の警鐘を鳴らし、高まる胸の鼓動を抑えられない。

第3話　ガブリール

とある所に雌の狼がいた。魔物や動物を狩って暮らす赤色狼の一族——その群れで生まれた彼女は不幸なことに〝茶色〟の毛色で生まれた。

母は彼女を疎み、父は彼女を居ないものとして扱う。兄弟姉妹達は彼女を小突き回し、玩具のように弄んだ。強大な魔物を狩る時は囮役を務めさせるほどだ。

彼女は異物だった。どうしようも無いほどに。

兄弟姉妹に罪を問うのは酷であった。一族の繁栄を願えば異物は排除して然るべきだと、彼女もどこかで理解はしていた。

だから——代わり映えのしないある日の朝、彼女は思い切って群れから逃げ出した。

山脈から草原へ。流れる川の水を飲み、弱い魔物を狩りつつ南へ向かう。楽園はどこだろうかと進む彼女は、時たま漂ってくる〝強大な魔物の臭い〟を大いに恐れた。

数日も経てば茶色の毛はさらに色あせ、命の灯火は弱々しくなっていく。彼女は鼻を上に上げてくんくんと匂いを嗅ぐ。すると魔物とも獣とも違う変わった匂いがした。

匂いを追って草原を進む。だが揺らぐ視界のせいだろうか、飢えのせいだろうか、彼女はついうっかり穴に落ちた。

「ギャウッッ!!」

痛い。けど、これ以上大声を上げると魔物が寄ってくる。遠吠えを上げても助けてくれる仲間はいない。

「何だ……狼だと……」

ガチャリと音がしたと思うと、変わった生き物が現れた。灰色の毛が頭だけに生えていて、二足で立っている。見たことがない種族の雄だ。

「元気がないな。怪我をしたのか。それとも腹が減っているのか」

疑問と警戒混じりの声が聞こえてくる。この雄が自分を殺すのだろうかと疑問が湧く。

「狼なら群れや番で行動するものだが……お前は見捨てられたのか？」

言葉は理解できない。だけど瞳を見れば、優しげな声を聞けば、自分を心配してくれているのだと彼女にも分かった。胸の奥が熱くなり、弱々しく唸ってしまう程に。

「噛むなよ。噛めば容赦しない」

手が差し伸べられる。噛みつけば食事にありつけるかもしれない。だけど今は——この雄の群れに入れて欲しいと強く思っている。もう一人で飢えと孤独に怯えるのは嫌だった。

「グルルゥ……」

手を舐める。毛づくろいは親愛の証。彼女は自分が無害であることを示し、群れに入れて欲しいと懇願する。

「お前の瞳からは知性を感じる。争い合う事が愚かだって分かってるんだな。王宮で――同族殺しに明け暮れる馬鹿どもより上等だよ」

今までで一番情念の灯った瞳。寂しさが混じった悲しい顔をされる。雄に頭を優しく撫でられ、喉元まで撫でられてしまう。

「俺の名前はアンリという。この地の領主――って狼相手に何言ってんだか」

雄は鉄の尖った棒を――容れ物らしきもう一つの棒に戻した。

アンリと聞こえた。名前という概念は彼女にも分かる。言葉を操る魔物は名前を付けることがあると聞いた。アンリは自分の名前が好きなようである。名乗る時に機嫌が良さそうに感じたからだ。

「救世棒三型を食べるといい。一本で一日動ける」

いい匂いのする棒を齧る。滋養が体に染み入るようだった。

「おお！　食べた！」

また喉元を撫でられる。

「名前が欲しいな……」

アンリは服従を求めているのだろうか。ならばと思い、ゴロンと回って腹を見せると、案の定アンリは嬉(うれ)しそうに腹を撫でてくる。

「ガブリールかな。ガブガブと食べてるし」

ガブリールと何度も呼ばれる。もしかすると名付けをされたのかもしれない。彼女は呼ばれる度にガウと吠え、そうするとアンリは喜んでくれた。

「これからも宜(よろ)しく頼む。ガブリール」

「ガウッ！」

力の限り肯定を返すが、眠気が襲ってきたガブリールは瞳(ひとみ)を閉じてしまう。頭を撫でられる心地よいまどろみの中で意識は薄くなっていき――

――つい、寝てしまった。

「ん、起きたか」

起き上がると嘘のように体が軽い。念の為に部屋の中を走り回って不調が無いかを確かめる。ぴょんと跳ねたり、ごろりと寝転がったりしたが――何も問題はない。

「おいおい。そっちは——」

アンリが制止してくるが、部屋の中央にある物にガブリールは強く惹かれた。白くて硬そうな骨。あれはアンリと同じ生き物の頭蓋骨だ。

野生の本能がずびびと走り、ついガブリールは頭蓋骨を咥えてしまう。

「こらこら。そんなにウィルを噛むと骨が欠けてしまうよ」

優しく怒られてしまう。群れの長に何という無礼をしてしまったのだろうか。ガブリールは頭蓋骨を床にそっと横たえた。

「……骨以外の話し相手が出来てありがたいな。はあ、眠い、疲れた……」

どこか眠そうなので、ガブリールは自ら枕役を志願すべく、アンリに駆け寄っていった。

第4話　落とし穴の罠

石碑の部屋で寝ていた所をガブリールに起こされる。しこたま舐めたらしく、顔がべっしょりと濡れている。

この草原に来てから一週間以上が過ぎただろうか。不本意なサバイバルのせいで、俺は王族にあるまじき野生児と化している。

「ガブリール、おはよう」

朝の挨拶を交わす。ガブリールはウィルを大層気に入ったらしく暇があれば齧ろうとする。昨日など牙が刺さったせいで頭蓋骨のてっぺんに穴が空いてしまった。

これ以上手の届くところに置くとマズイので、草で作った紐を通して、壁の出っ張りに引っ掛けている。

《そこの可愛らしい狼ですが、そこそこに戦えるようですね》

「戦わせるつもりはないですよ。危ないですし」

《では、非常食ですか。この人でなし――と罵倒をプレゼント致します》

「人でないモノに人でなしと言われても……」

《まあ……なんて酷い……泣きそうです……》

石碑が虹色の点滅を繰り返す。俺の目を潰すのが主目的だろう。

「もしガブリールがダンジョンで強くなっても〝上昇分恩寵度の初期化〟とやらで元通りにしたりします？」

《はい》

「うーん意地の悪い」

《創造主の性格が悪いだけです。私のせいではありません》

創造主とは含みを持たした発言だ。カーナはそういう所がある。

踏破点で貰える報酬一覧を見ることにする。遺物は必要踏破点が大きいが、スクロールやポーションはそれほど高くない。もしや……このダンジョンは力押しではなく、特殊なアイテムを使って知恵で乗り越えていくものなのだろうか。

「残り二十点くらいか。じゃあ、これとこれを下さい」

なけなしの踏破点を使って二巻のスクロールを貰い、意気揚々とダンジョンの入り口へ向かおうとすると、ガブリールが俺のズボンを咥えてきた。

「危ないから留守番してなさい」

「ぐるる……」

聞き分けのない様子だ。だが狼は群れで行動する獣。寂しいのだろうか。

《ガブリールも連れていけばいいでしょう。今後を考えると、お供は必要かと》

そうなのだろうか。しぶしぶと了承すると、ガブリールが嬉しそうに吠えた。

階段を降りきれば見慣れた光景が広がる。運の悪いことに初っ端（ぱな）から魔物がいた。

姿勢を低くして注視するが、魔物は俺達に気づいていない。

粘度の高い液体が石の床に当たる不快な音。球体を上から落として潰したような魔物。

青く透き通ったそれは、紛れもなく腐食粘体（ブルースライム）だ。

忍び足で後方から近寄り、真ん中にあるコアを素早く剣で貫くと――魔物は動かなくなった。

「剣がまた傷んでしまった……」

こいつの弱点はコア――体の中心にある赤黒い球体だ。恐らく人間で言う心臓のような部位で、潰せば一瞬で死ぬ。

別の部屋に繋がる左の通路を覗き見ると、普通のゴブリンの群れがこちらに気づいて突撃してくる。

剣を横一文字に振るって一体の首を斬り落とし、二体目が振ってくる棍棒と剣戟を交わす。技量も重さもない単純なもので、苦戦するほどではない。

ガブリールは跳躍して三体目の首に喰らいつく。「グギャアッ！」とゴブリンが濁声の悲鳴を上げて絶命し、俺も残ったゴブリンを斬り倒す。

狼らしい俊敏な動き。外の世界で生き延びただけあって、なかなかに頼れる相棒だ。

通路に残敵は見当たらず。ならば今回の主目的を果たそうと思い、スクロールを二つ取り出す。

一つは苦い記憶の残る〝壁消しのスクロール〟だ。

広げると効果が顕現して階層全ての壁が消滅。だだっ広い大部屋に変質する。目に入る魔物、魔物、魔物。総数は四十は超えるだろう。

「ガウッッ！」

ガブリールが威嚇しつつ俺の前に出ようとする。魔物もこちらに気づいたようで、殺意を向けつつ俺達ににじり寄ってくる――が、秘策があるのだ。

「俺をさんざん殺した報いだ」

俺が開くのは〝雷鳴のスクロール〟だ。効果は〝同じ空間にいる魔物に雷を落とす〟というもの。

「喰らうがいい！」

雷が轟(とどろ)き、地震のようにダンジョンを揺るがした。全ての魔物は雷光により死に絶え、焼けた死体から出た煙が床を這(は)うように流れている。

なんと、二つのスクロールの合わせ技により――敵を一網打尽にできるのだ。あれほど苦戦させられた一階層はこれにて攻略となった。ざまあ見ろ。人の叡智(えいち)の勝ちだ。

魔物の死体が消えていき、膨大なマナが体に流れ込んでくる。恩寵度の高まりを感じつつ、周囲を見回す。次の階層へ続く階段の位置を覚えておけば、次回以降も楽が出来るだろう。

ガブリールと共に階層を徘徊(はいかい)しつつアイテムを回収する。盗人子鬼(シーフゴブリン)も数体居たようで、大袋だけが残っている。これがまた嬉しい。

「さーて、中身はなんだろうな」

大袋は三つあり、その内の一つをごそごそと開けると武器の強化値を上げる〝鋭き剣のスクロール〟と防具の強化値を上げる〝硬き盾のスクロール〟が何巻か入っていた。

使用すると剣と軽鎧(けいがい)が光に包まれる。硬く、強くなったのだろうが効果の程はいまいち分からない。

持ち込んだ小石の上に剣を押し付ける。刃こぼれしないように弱くしたのだが——それでも小石は両断された。切り口は鋭利でこの分だと軽鎧も期待できる。

「二階層に行くぞ」

階段を降りてたどり着いた二階層も、無機質な通路が続いていた。

「曲がり角か。右に行くか、左に行くか」

「ぐるる」

ガブリールが軽く唸りつつ右に鼻を向けた。

だが獣や魔物を使役する際は主導権が大事だと聞く。主従をしっかりと示し、主である俺が行き先を決めるべきなのだと。

「左に行く」

「くうん……」

「すまんな。帰ったらあの香ばしい棒をやるから」

そう言ってから十歩進むと足元が消滅した。

「は？」

いや違う。床が両開きになって——落とし穴になったのだ。

「っぁあああああああ――――！」

落とし穴！　足元は闇に包まれて何も見えない！

衝撃に備えるべく、体に力を入れて目を見開く。

落下中に何かを突き破る感触があった。

これはダンジョンに入る際に感じたものと同じだ。

「つぐぇわぁあああッッ!!」

強い衝撃。床に背中から落ちて一度バウンドする。ぐえーと声を上げて痛みに悶絶していると、隣の床にガブリールがすとんと降り立った。

「……くそ。まだ痛い。しかし、よく無事に降りてこられたな」

パラパラと何かが落ちてくるので、手に取ってみると煉瓦の欠片だと分かった。恐らく壁を跳ねるようにして降りてきたのだろう。

「さすが狼。身軽だな」

頭を撫でると満足そうに目を細められた。

だが煉瓦というのがおかしい。先程まで居た二階層と建築様式が異なっているのだ。光る白っぽい壁は未知の技術だったが、ここら一帯はまるで普通の城の中のようだ。

「戻るのは無理か」

俺達は穴に落ちたはずなのだが、その落ちてきた穴がどこにも見当たらない。

「閉じ込められたな……」

「くうん……」

古い木の匂いがするここは、おそらく貴族の寝室だ。絹のシーツに上品な彫刻が施されたベッド。窓はどこにも見当たらなく、魔法のランタンが薄っすらと周りを照らしている。

「窓がないのは……ここは貴人を蟄居させるための部屋だったのだろうか。それとも俺達を閉じ込めるために準備していたのか。ガブリールはどう思う」

「ガウ、ガウ！」

「そっか」

ガブリールが喋れるようになる遺物があればいいのにな、と思った。

二つ目の大袋に入っていたポーションとスクロールも無事だった。

ドアを開けて薄暗い廊下を進む。窓は一切なく、外の様子は窺い知れない。

「広いな。やはり城か、大貴族の邸宅だろう」

一人と一匹でアテのない探索をしているとエントランスホールにたどり着いた。大階段の上に飾られた肖像画が俺達を睨んでいる。

線の細い白髪の壮年男性、そのしかめっ面は恐ろしげだ。

服装から推測するに東にある吸血鬼国家の貴族。だが見たことのない顔だ。王城に匹敵する規模のここの主なのだったら、俺は顔くらいなら知っている筈なのだ。

「まるで絵本の中に閉じ込められたみたいだな。だが心配することなかれ。魔術的な結界ならば絶対に出口や出る方法が準備されている」

「くうん？」

「口のない水瓶には何も注げないだろう。出口がないと魔力はやがて枯渇するからな」

ふふふ、と上機嫌に説明していると、ガブリールが毛を逆立たせて唸る。

「ガウッ！　ガウルッ！」

吠える先を見据えると……天井が蠢いていた。何かがいるのだ。腰の剣を抜き払い、正眼に構える。

「敵か。ん……？」

刹那、目にも留まらない速さで何かが通り過ぎる。

コツンと床に何かが当たる音がした。

「あれ……俺の腕が……」

左手が床に落ちている。先程の音は肘当てが落ちた音だったのか。

「ギャウッ！」

「ガブリールッ！」

高速で飛来する何かは、ガブリールの腹下を潜るように通り抜けた。それだけなのに、ガブリールは横倒れになり、口から血を吐く。

「今、手当てを――」

熱にうかされるような気持ち悪さは出血からか、駆け寄ってポーション瓶を取り出そうとすると、今度は右腕が吹き飛ぶ。

「つぎゃあぁあああ――――！」

俺を殺さんとするそれが大階段の手摺（てすり）に止まる。そいつは大蝙蝠（おおこうもり）の魔物だった。

膝（ひざ）が勝手に崩れる。血まみれの床、ガブリールが死んだらしく、死体が光に包まれて消える。

「――やめ、ろ！」

魔物が俺の頭目掛けて飛んでくる。

鋭い爪が俺の頭部に当たり、一瞬にして意識が刈り取られた。

【二回目】

「……くそ、また死んでしまった。ガブリールは無事か」

立ち上がって見渡すと、ガブリールが耳を伏せて怯えていた。

「ここは……さっきの寝室じゃないか！」

閉じ込められた！　死ねば石碑の部屋に戻る、というのは絶対のルールでは無いのか。蘇生魔術はカーナの手によるものだと思うが、蘇生場所は一定の法則があるのか、それともこの城らしき場所が阻害しているのか。

「……この部屋で待っているんだ。剣を取り戻してくる」

ガブリールが器用に前足で目を隠しつつ怯えている。しばらく小刻みに震えていたのだが、口を閉じたまま「うぉっふ」と吠えて、すくりと立ち上がる。

「待っていなさい」

足元に首を擦り付けてくるので撫でてやると、ガブリールはドアを見て頷いた。

「………」

ドアを小さく開けて俺だけ出ようとした所、ガブリールは鼻先を突っ込んで廊下に躍り出て来て、エントランスホールに続く長い廊下を見据えて、小さく唸った。

「危なくなったら……この部屋に戻るんだぞ」

「ワンッ!!」

「犬みたいに吠えたっ⁉」

「ガウガウッ！」

「やり直したっ‼　……うん。俺よりジョークセンスがあるな」

笑うと失われていた元気が絞り出されてきた。

エントランスホールに続く大扉前で作戦を練る。剣を取り戻して、まずはこの場所から逃げるのだ。足の速いガブリールが剣を咥えてくれれば万々歳である。

「俺が囮になる。ガブリールは後から入って寝室まで逃げること」

こくこくと頷くガブリール。狼は群れで狩りをする生き物だから、こうやって主が指針を示すべきなのだ。

「さあ行くぞっ！」

ドアを蹴破ってエントランスホール中央、俺由来の血溜まりまで全力で走る。天井から弧を描くようにして魔物が強襲してきて、太ももが大きく切り裂かれた。

「――ッうう！　空を飛ぶな！　卑怯だとは思わないのかっ！」

すっ転んでしまったが何とか剣は拾えた。

走って戻るのは不可能。ガブリールは懸命に魔物の攻撃を紙一重で避けている。目線が合ったので剣を放り投げると、ガブリールは口でキャッチ。そのまま大扉まで戻ろうとしていたが――左右から迫ってきた魔物に体を三つに捌かれてしまった。

「クソがぁああっ――――！」

急降下してくる魔物に胴体を貫かれ、俺は「ぎゃー」と言いながら、死んだ。


【五回目】


「敗因だけど部屋が暗いせいだと思う。俺達は目が頼りなんだ」

「くうん……」

魔法のランタンを壁から引っ剝がして、十ほど持ってきた。開け放たれた大扉から全てをポイポイと投げ込むと部屋が明るくなる。

剣も最初と比べるとかなり近い所にある。

俺は全力疾走からのスライディングで剣を取り、高速飛来する魔物に剣先を叩き込むが――普通に力負けして死んだ。


【八回目】

「治癒ポーションを飲みながら戦おう。死んだ場所に落ちてるから」

「くーん」

全力疾走からのスライディングで剣を取り戻し、ポーションの瓶を拾って迅速に開ける。呑口を咥えつつ剣を上段に構える。

魔物の飛来——肩口を大きく切り裂かれるので、瓶を傾けて少しだけ飲む。

「はあこいっ！」

傷口が瞬時に塞がる。まずは敵の軌道を見据えるのだ。大蝙蝠の魔物達は天井や大階段の手摺に止まり、高所からの奇襲を得意としている。

上を見据えるのだ。人生の如く。

「ふるかっ!!」

血で濡れた魔物が飛来する。前の斬撃は僅かだが傷を与えられたのだ。

乾坤一擲——瓶を噛み砕きながら、全てを込めた大上段からの斬撃を見舞う。

「つらぁあああッ——！」

「ギイッ————!!」

当たった！　床に落ちた魔物がバタバタと暴れている。ガブリールが駆け寄って首元に噛みつくが、鉄の如き体皮は牙を寄せ付けていない。

剣を逆手に持ち、何度も魔物に突き立てる。強化された鋼鉄の剣で何度も、何度も。小さな甲高い悲鳴を聞きながら、十度目の攻撃で、魔物は死んだ。

「ぐわぁあっ！」

左肩に魔物の突撃が当たる。そうだ魔物は一体ではない。首を上げて敵の総数を数える。骨の痛みを我慢して目を左右に動かすと——

「一、二、三——総数は十八っ！」

多くないだろうか。剣を持ったまま逃げようとした所、後ろから突撃されて、俺の胴体に大穴が開いた。


【十四回目】

「飛んできたらシーツで受け止めればいいんじゃないか？」

「ガウッ！」

妙案だと思ったが——普通にシーツを貫通した。俺は死んだ。ガブリールも死んだ。十枚もシーツを重ねたのに、ありえない魔物の貫通力を見せつけられたのだ。

【二十回目】

「一体落ちたっ！　押さえろっ！」

「ガウッ‼」

ガブリールが魔物に噛みつき、何度も振り回す。顎が砕けんばかりに噛みしめる度に僅かに血が滴るのだ。効いている。無駄ではない！

「これで六体目っ！」

一体を斬り落とし、口中に剣先を突っ込み絶命させた。

ガブリールも仕留めたようで、これで計七体、残りは十体だ。

「撤退っ――‼」

落ちていたポーションと軽鎧を大扉の方へ蹴る。追いすがる魔物達を背に遁走する。

大扉を閉めるが魔物はこちらに来ない。大扉を突き破ろうともしないのは理由があるのだろうが、今は都合が良い。

軽鎧を装着して、剣の鞘とポーション瓶を腰のベルトに下げる。ガブリールも口から血を滴らせて俺の横に立っていた。

「他のルートを探すぞ」

走り、何度か角を曲がると大食堂があった。百人は同時に食事できるだけのテーブルやキッチンがあるが、誰も居らず、テーブルにはホコリが雪のように積もっている。

人が居ないのは当然として死体も見当たらない。食堂を突っ切ってキッチンに入り、置いてある樽(たる)を開けたが、中に入っていた何かは手に取るだけで崩れ落ちた。

小麦や大麦だったのだろうか。風化しきっている。

「また魔物か……」

キッチンの奥の方からのそりと現れたのは大鼠。でっぷりと太ったげっ歯類は犬みたいに大きい。

「ジッ――――！」

突進してくるので姿勢を低くして下段から斬り上げる。

「ヂュッ――――!!」

鮮血が半円の軌道を描く。蝙蝠(こうもり)よりはかなり弱い。前方を見ると――キッチン奥、恐らく食料庫より同じ鼠がわらわらと出てくる。誰も彼も腹が減っていそうだ。

「ガブリール、狩りだ」

「――グゥルルルっ！」

キッチンの入り口に陣取り、複数から襲われないようにし、一体ずつ斬る。ガブリールの牙と鋼鉄の剣——弱い魔物なら恐れるに足らず。

一時間ほどして戦闘が終わる。当たり前だが食料庫に食べられる物は無く、調理用のナイフは持った瞬間に柄の先が崩れ落ちた。

「この分だと武器庫があっても望み薄だな。魔法武器ならば大丈夫かもだが」

体が重たい。喉が渇く。腹の虫がうるさい。死ねば飢餓感は無くなるので、最悪の場合は死ねば良いのだが、それではガブリールが余りにも可哀想だ。

即死は幸運な死に方だ。これがもしジワジワと死ぬものだったら耐えるのはキツい。死は心の何かを変質させる。価値観の変容と言うのだろうか。

考えつつ寝室まで戻り、衣装簞笥でドアを塞ぎ、軽鎧を脱いでからベッドに倒れ込む。

「つ、疲れた……」

ガブリールが鼻先をベッドの上に乗せて、こちらを見つめている。サイドチェストにハンカチが入っていたのでガブリールの鼻先の血を拭い、体についたホコリを払った。

「寝よう。ベッドに登ってもいいぞ」

「わう」

ガブリールの背中を抱くようにして、二人で寝転ぶ。すこし獣臭いが温かくて気持ちが良い。ガブリールも満足そうにぴすぴすと鼻を鳴らしている。

「誰かと一緒に寝るのは……十一年ぶりだ……」

「くうん？」

「ガブリールも親とこうして寝てたのか？」

返事はなかった。聞かれたくなかったのだろう。

彼女はなぜ一人ぼっちで草原を彷徨っていたのだろうか。その理由を考えれば朧気にわかる。群れが無くなってしまったか——それとも俺のように群れに居られなくなったか。

どちらにしても、それはとても辛いことだ。

「悪かった。早くこの城から出て……美味いものでも食いたいな」

「わう……」

瞼を閉じる。

この子は俺と同じだ。

寄る辺ない風来人。帰るべき家も、出迎えてくれる家人も居ない、社会からのあぶれ者。

その辛さを知るからこそ、この子をこれ以上辛い目には遭わせたくない。

「力。力が……欲しい……」

魔法の淡い光が照らす中、まどろみに溺れた。

そうして――昼も夜も無い場所で、長い時が過ぎた。

魔物を斬り斬り斬り、くまなく城内を探索する。内部には獣の魔物とゾンビやグールがひしめいており、その全てを斬り、噛み殺し、踏み潰し、鏖殺する。

出口らしき場所は無い。

蝙蝠が居たエントランスホールの大階段――その先がやはり怪しい。

昼夜は分からないが――体感で計る一日ごとにベッドの柱に傷を付けてきた。今日の分の傷を剣で刻むと、その数は九十五を指し示していた。

死に死に死に、そして蘇る日々。百を超えてから死んだ数を数えるのは止めた。

「今日こそエントランスホールを突破する」

そう言うとガブリールは低く唸った。

魔物を倒した数が増える度に、彼女の体軀は強靱かつ巨大になっていった。ドアを通る際は横腹がつっかえるし、俺が屈まずとも目線が合う。

エントランスホール前――大扉を押し開ける。

俺達が城内で暴れまわったせいで魔物達も警戒したのだろうか、大階段前はさながら戦場の様相だ。涎を垂らすゾンビとグールが陣を組んでおり、腐肉の狼が陣の両翼で唸る。

天井からぶら下がる大蝙蝠は俺の首を欲しているのだろう。

「命令（オーダー）——突撃（チャージ）！」

ガブリールが風を切りつつ突貫し、ゾンビの歩兵陣を食い破る。一体を咥（くわ）えて上に放り投げ、爪で切り裂く。

「命令（オーダー）——援護（カバー）！」

腐肉の狼がガブリールに喰（く）い付く前に、俺も戦陣に参加する。ガブリールは援護に注力し、俺に群がる魔物の掃討に専念する。

上空から殺気。一歩後ろに跳び蝙蝠の急降下を避け、横薙（よこな）ぎに斬った。

空間に赤の点描——まるでバッと血の花が咲き乱れるようだ。

「俺が前に出る！　命令（オーダー）——後退（バック）！」

器に満ちたマナが煮えたぎる感覚。蝙蝠が九体同時に急降下してくるので、下段から斬り上げ一を斬り、縦の斬撃で二を屠（ほふ）る。勢いを殺さずに体を一回転させつつ、三から九を横薙ぎの一閃（いっせん）で死に至らしめる。

「ゴゥアッ————!!」

ガブリールが強く吠（ほ）え、声と同速の衝撃波がグールの一群を吹き飛ばした。仰向（あおむ）けの彼らは強靱な狼の前肢に踏み潰されていく。

かつて王宮で見た英雄の動きを強くイメージする。あの者達は目より先に敵を感知し、唯一無二の能力(スキル)で殲滅(せんめつ)する——のだが、俺の能力(スキル)は直接の役には立たない……。

「命令(オーダー)——突撃(チャージ)！」

敵空中戦力は完全に逸失、薄布を斬るようにして、ガブリールと共に地上戦力を撃滅すれば、エントランスホールは魔物の血に塗(まみ)れていた。

大階段を登り、肖像画の下の大扉を開けると赤の絨毯(じゆうたん)が奥まで続く廊下。本命の奥の扉が気になるが、途中にも扉が一つある。

「敵が部屋に詰めていれば挟み撃ちになる。先に寄ろう」

寄り道となるが途中の扉を開ける。まず目に入ったのは書棚で、墓石のように部屋内に乱立していた。四方全ての壁も書棚になっているので、ここは図書室なのだろう。

蒼(あお)い背表紙の本を取り出すと、紙の部分が粉状に崩れた。

「崩れた……何百年経っているのやら……」

本の内容から此処(ここ)がどこなのかを調べようと思ったのだが。

書棚の林を通り抜けると、文を書くための机があった。光沢を出すための塗料が塗られていて、引き出しを開けると手紙が何通かあった。

魔力で保護された紙のようで、手にとっても崩れない。内容は。

——純血の始祖、我らが父にして母、偉大なる盟主様にご報告します。

どうやら報告書のようだ。戦争があったようで、手紙の主は上役に被害状況・戦況の見通しをつらつらと書き連ねていた。

——魔軍の侵攻速度と規模は異常であり、七カ国連合軍の死者は四百万を超える見通しです。民間人を入れれば数の桁は一つ繰り上がるでしょう。

知らない戦争だ。そもそも四百万を超える軍隊など……大陸全ての兵をかき集めても難しい。これは世迷い言か創作なのだろうか。

——我ら三名、眷属として血の隷下の名誉を浴びた者は、尽く戦場の一翼を担う勇士として、家名に恥じない軍人として尽力致します。ですが戦場の習いとして、剣が折れ、矢が刺さり、膝が崩れ落ちる事もあるでしょう。死は恐ろしくありません。我らが只々恐れるのは盟主様のご不興を買う事のみ。どうか弱く、このような情けない文を出す私めをお許し下さい。闇の眷属たる我らですら、魔の影に怯える夜が恐ろしいのです。太陽が待ち遠しいほどに。

「遺言書のようだな。世話になった人に送る、最後の手紙のような」

手紙は三通。我ら三名とあるので一人ずつ送ったのだろう。

次の一通は几帳面な角張った字で、端から端までびっしりと書き込まれていた。

――そもそもこのような体たらくは、統一国家を成し得なかった人類の自業自得なのです。世に溢れる創作では『未知の敵現れし時、人類団結す』とありますのに、各国の首脳は次の覇権国争いを水面下で繰り広げる始末。戦争は政治の延長線上にあると言いますが、滅亡は強欲の延長線上にもあるのです。私めは憤慨しております。雲霞の如き魔の軍勢も、本を正せば我らの歴史の因果。滅びは必然たりや、死は悪果なりや、だというのにあの二人はピーピー騒ぐだけで、まだ蝙蝠の方が役に立ちます。やはり思うのです……貴方様の隣に相応しいのは私めであると！　聡明かつ理路整然。人格と人徳に優れ、文武をそつなくこなす私めは最高の伴侶となりえます！　汚泥と牛糞が層になったような戦争など私めの采配で無事終結させてみせますので、無事帰還出来た折には、正室問題について再度ご検討頂きたく存じます。

「読んだだけで性格の分かる文章だな……これは。というか女の人が書いたのか。途中まで偏屈なおじさんを想像していたんだが」

最後の一通は乱雑な文である。文脈から察するに古代の話だと思うのだが、それだと俺がこの文字を読める説明が出来ない。古代語の解読は専門家の領分だ。

――救世棒三型のあまりの不味さに領兵達が憤慨してるっす。偉そうなオバサンが偉そうに渡すもんですので、思わず突っかかったら今度はもっと不味い二型を渡されたんす。

ふざけんなババア、って言ったら軍法会議がナンタラって言うもんすからぶん殴ったっす。そしたら新型の食糧を貰えたんすよ。美味しかったっす。明日は都市の奪還戦すけど、終わったら一度国元に帰るっす。また稽古よろしくしたいすねー。

「………字、汚いな」

三通の手紙に返事は出されたのだろうか。性格はどうであれ……三者三様の敬愛が感じられる文だ。無事に国元に帰れてたら良いのだが。

「この文、古代歴史研究家が見たら喜びそうだが、真贋は不明か」

持ち帰ろうかと思ったが止めておく。まだ読む人がいるかも知れない。よれた手紙は何度も読み返した形跡があるので、誰かにとって大切なモノだったのだろう。

図書室を出て本命の奥の扉前まで歩く。

悪魔の彫りが入ったそれは重く、ギギギと音を立てながら開けば、そこは謁見の間であった。王宮に匹敵するような荘厳さであり、装飾用の騎士鎧は剣を胸に抱き、主を称えるように並んでいる。

「なんだ〝アレ〟は……？　剥製か。まさか」

「グゥルルルッ!!」

声に反応するようにして、玉座に座った〝アレ〟は硬い音を立てながら首を上げる。まるで固まりきった関節を無理やりに戻すような不自然な音だ。

「誰だ……ル・カインか？」

化け物がこちらに虚ろな目を向ける。

エントランスホールの肖像画にあった男だ。

肌は病的なまでに青白く、白い髪が不健康さを助長している。見た目からすると五十歳くらいの男だが、噂に聞く高貴なアンデッド——吸血鬼に見える。

「俺はアンリと言い、領主をしております」

誰かと聞かれたらこう答える他に無い。

「領主……？　異な事を。滅びきった無人の荒野に旗を立てる愚か者が、まだこの世に居たとはな」

「人は愚かなのです。愚かだからこそ愛おしいとは思いませんか？」

「愚かすぎると同列には見られんのだ。だが……そういった見方もあるか。己を愚かと認める人間よ」

「はい」

「…………」

俺の答えは沈黙を生んだ。気を損ねてしまっただろうか？

「この城の魔物を倒してしまいました。もしや貴方の眷属だったのでは無いですか？　そうであれば謝罪したい」

「些事」

「お許し頂き感謝します。我らはこの城を出たいのです。方策をご存じでは？」

「…………我は待ちくたびれた。時間が止まったような迷宮で無聊をかこつのも限界だ」

けだるげな声で俺の疑問は吹き飛ばされた。男が息を吐くたびに周りの空気が凍る。

「それは大変そうですね」

勿体ぶった言葉には無難な返事しか返せない。ル・カインなる人物も知らないし、城の主っぽいこの化け物が襲ってこないのも理解できない。

「…………人間か。若々しい血の匂いなど久しくある」

やはり吸血鬼だった。血の様に赤い目がこちらに向けられる。

「アンリ……我がどれだけの夜を耐えてきたか、貴様のような脆弱な人間に理解することは出来ぬだろう」

「それは辛かったでしょう……慰めに話でもしましょうか。俺が故郷で受けた多種多様な嫌がらせの話とかどうでしょうか？」

「下らない」

大受けするかと思ったが一蹴された。嫌な思い出だが嗜虐性の強そうな吸血鬼にならば受けると思ったのだが。

それに友達など居たことがないから他に楽しい話は思いつかない。

「…………………はぁ」

吸血鬼が深いため息をつくと周りの空気が凍る。

落ちた氷の結晶がキラキラと光を反射して美しい。

「生き飽きた。ル・カインは来ない。ならばすることは一つ」

吸血鬼は玉座から立ち上がり手を前にかざす。すると何処からともなく杖が現れて手に収まった。

「暇つぶしに狩りを始めよう。獣は貴様だ。足掻くが良い」

杖を掲げると氷槍が宙に浮かぶ。

「さあ楽しもうか」

掲げられた杖が振られる。氷の槍は回転しながら俺の体を貫かんと飛来した。

濃厚な死の気配——背筋に冷たい汗が流れる。

「クソ！」

横に飛び跳ねて間一髪で避ける。鎧を着込んでいるので金属が当たって少し痛い。避けた先にも氷の槍が飛んでくるので、みっともなく転がり回って避ける。

「待て。こちらに敵意は無い！　話し合おう！」

「許可しない！　狩られるのが嫌だと言うなら我を殺してみせよ！」

そう叫ぶ顔は酷（ひど）く歪（ゆが）んでいて、愉（たの）しむ者のそれではない。

「――ッ！　やるしかないのかっ！」

床を蹴（け）って飛ぶようにこちらに突進してくる。振るわれた杖を剣で受け止める。二合、三合と打ち合い、バックステップで距離を取った。

もう話し合いは無理だ。この場で打ち倒す他にない。

治癒ポーションを取り出して剣に掛ける。アンデッド相手ならば治癒の力は逆にその身を灼（や）くだろう。

「次は魔術だ。耐えられるかな？」

吸血鬼がまた氷の槍を六つ射出してくる。

ガブリールが強く吠（ほ）えて衝撃波を出すが、勢いを削（そ）ぐだけに止（とど）まる。

吸血鬼がボソボソと呟（つぶや）くと、鮮血が彼の周りを舞う。稲妻のように形を自由自在に変えつつ迫ってくる。

「命令（オーダー）――後退（バック）！」

間一髪。何とか避けると装飾用の騎士鎧が鋭利な断面を残したまま両断される。もし当たれば致命傷となりえる。

「避けるか人間！」

床を蹴って肉薄。横薙ぎに斬りつける。

「グァアアァッ！」

吸血鬼の腹部から血が溢れる。思った通りに治癒ポーションは効いているようで苦しげだ。歪めた口元から苦しげな息が漏れている。

「……興味深い。眷属を倒して力を得たか。よくぞ折れぬものよ……」

吸血鬼が顔を歪めながら杖を頭上に掲げると、雪山にいるような吹雪が部屋内に吹き荒れる。吐く息が白くなるほどに寒く、視界が極端に狭くなる。

「これを耐えられるか！」

先程とは比較にならない程大きな氷の槍が飛んできて、避けきれずに左腕が大きくえぐられた。穿たれた傷口から血が溢れ、熱い。

「ぐぁああ!!」

歯を食いしばって治癒ポーションを掛ける。もう在庫は空っぽだ。

「ハハハハ！　どうだ痛いかッ！」

「そこかあっ!!」

声のする方に突進する。吹雪を突き抜けるようにして進み、勢いのままにしがみつくと、吸血鬼は苦しげな声を上げた。

「グゥ！　何をするか!?」

しがみついたまま〝爆炎のスクロール〟を取り出して開く。

スクロールを起点とした火炎が発生し、猛(たけ)り狂う火は吸血鬼と俺を包み込んだ。炎が身を焦がす前に〝転移のスクロール〟を開き、俺だけが火中から脱出する。

奥の手として持っていたスクロールを使うのは勿体ないが、強敵に対して出し惜しみするのは愚策だろう。

「グゥウウウウウッ！」

火の中で吸血鬼が叫んでいる。アンデッドは聖なる魔術や火に弱いと聞く。

吸血鬼は苦しみながら一歩ずつこちらに近づいてくる。火に焼けただれた肌は悲痛だ。

先程までの高貴な立ち振る舞いは既に無く、今では化け物のそれと変わりがない。

「人間……いやアンリ。もう終わらせてくれ」

吸血鬼が杖を構え、それに相対するように俺は剣を構える。

首肯してから剣を振り下ろすが、吸血鬼は抵抗しなかった。

倒れ伏している吸血鬼を膝立ちになり抱える。

もう抵抗の意思はないようで今では穏やかな様子だ。焼けた体では口を開くのも辛そうだが、構わずに呟き始める。

「案外と……強かったな、アンリは」

「本気を出していなかっただろ。何でだ？」

「……いや、我は死力を尽くした。体が弱っていてな、あれが精一杯だ。あまり……老人を虐めてくれるな……」

吸血鬼は見たことのない魔術を使っていた。まだまだ奥の手はありそうだったし、最後には戦うことすら諦めていた。あれが本気とはとても思えない。

「何か言い残すことは無いか？」

「もう残す言葉も相手も無いさ。狩りも——児戯も終わりだ」

吸血鬼が言っていた〝ル・カイン〟がこのダンジョンの謎を握っているのだろうか。石碑——ル・カーナの血縁者であるかもしれないが、謎は深まるばかり。

「このままだと死んでしまう。アンデッドを治癒する方法を教えて欲しい」

「アンデッドに死ぬとは……面白い冗談だな」

三通の手紙の受け取り主はこの人だったのだろうか。

どこか寂しげに見える吸血鬼を見て、ある考えに思い至る。

「もし良かったら領民にならないか？　何もない所だけど、友達が出来れば楽しい……と思うぞ」

ダンジョンで治癒方法を探して助ければ、領民になってくれるかもしれない。襲われはしたがこの吸血鬼は悪人ではないだろう。

「友か……懐かしい言葉だ。だがもう全てが煩わしい、生きることに飽きたのだ」

吸血鬼の体が崩れ始める。

「おい！　このままだと死ぬぞ！」

「……長い時間を過ごすうちに、いつしか願うようになった……我を殺す存在が現れることを」

吸血鬼の目に力はない。生きる気力そのものを無くしているように見える。

「最後に……一つだけアンリの質問に答えてやろう。餞別だ」

「なら……」

聞くべきことは山ほどあるが、どれも吸血鬼の事を考えれば聞きづらい。死を覚悟した者を利用するのは道理が通っていないだろう。

ならば、聞くべきことは一つ。

「名前を聞かせてくれ。知らないまま別れるのは寂しいしな」

吸血鬼は面食らったようだ。あまりに馬鹿な質問に。

「ハ……ハハハ！　大馬鹿者め……ああ、笑ったのなど何年ぶりか。そうだな、教えてやろう。我はノス・トゥーラ。誇り高きノス家のトゥーラである」

「……トゥーラか。憶えておくよ」

トゥーラの足が先から灰になっていく。止める手段は無い。

「この場は我が故郷、我が城、遥か遠くの記憶の残響に過ぎない――」

ここは古代人がダンジョンを造る際に取り込まれた場所なのか。だとすると四階層以降では違う場所も取り込まれている可能性がある。

「ダンジョンの外に、東国に吸血鬼が治める国があるんだ。そこでならトゥーラも生きていける。気を強く持ってくれ」

「その国の始祖の名は？」

「エレオノーラ。純血の殺戮者。残虐さと寛大さを備え持った、偉大な吸血鬼だ」

「そう、か……そうだったか……」

彼らの作法だろうか、三通の手紙に差出人の名は無かった。最後に一滴の血が垂らしてあるのみだ。

「本当に残す言葉は無いか？」

トゥーラの体は殆ど崩れてしまい、もう声を発することしか出来ない。

「無いさ。これで終わりだアンリ。お前が何でここに居るかは分からないが、何か理由があるのだろう。全ての命は役割を持って生まれるもの。お前のそれは……何だろうな」

「俺の役割……？」

「……ああ、我も役割を果たそう。迷宮のおぞましい化け物は、何時の世も勇士によって討たれるもの。恩寵を……受け取るがいい……心優しき、大馬鹿者よ」

「おいっ！」

言い終わるやトゥーラは灰になって崩れ落ちた。赤絨毯に残る残滓——灰は光となって消滅する。

ドクンと心臓が跳ねる。膨大な——英雄のマナが体内で暴れまわり、俺の器が弾けそうになるほどだ。

祈りを捧げる暇すら無く、彼はダンジョンで死んだ魔物と同じように、消えた。

「帰ろう。ガブリール……」

「くうん……」

玉座の後ろに光り輝く門が見えた。

《マナ回収――上昇分恩寵度の初期化――個体名アンリ失敗》

《マナ回収――上昇分恩寵度の初期化――個体名ガブリール成功》

石碑の部屋に帰るとカーナの声がしたと思うや、ガブリールの体が縮んでいき元通りに。

牙や爪の鋭さは失われていき、くうーんと弱々しく唸るガブリールは残念そうにしていた。

「血……火傷が少し残ってるな」

俺の皮膚がすこし灼けていて、そこから血が滴っている。ガブリールは心配そうに傷跡を舐めてきた。少しくすぐったい。

「俺達は今どんな感じですか？」

《刮目して御覧あれ》

アンリ・ルクスド・ボースハイト

恩寵度：〇七三（六八増加）　能力：劣化無効

三階層　累計死亡回数：〇〇三九四

ガブリール

恩寵度：〇〇五　能力：劣化無効（獲得）

三階層　累計死亡回数：〇〇〇七五

「これなら……長兄と渡り合えるかな？　まだ厳しいかもなあ……」

《人外の兄をお持ちのようで》

「ボースハイト家の男ってのは人でなしですから」

やはり俺だけ恩寵度が上がっている……が、何かおかしい。能力、そう能力だ。俺の〝劣化無効〟は老化・病気・怪我などで恩寵度が下がらないという――何とも言えない外れ能力だ。それをガブリールも持っている。能力は遺伝の要素も大きい。魂の歪みと関係しているらしいが、持つ人は五十人に一人程度、特性も千差万別であるから被ること自体も稀有である。それなのに――何故ガブリールと被った？

だが文面から推するに、彼女の恩寵度に変化はない。ダンジョン内での成長が打ち消されたという事だろう。これは大いなる矛盾だ。

劣化無効があるなら、初期化とやらは回避される。ならば結論は——

「俺の血を舐めて能力(スキル)が移った……のか」

《能力(スキル)とは魂の変質。血液は魂の経路。面白いですね》

「自分の体が面白いのは面白くないです。なんだこれは……？　ダンジョンの性質が影響しているのか？　それとも俺の体の特性がおかしいのか……？」

《どうでしょうね。あぁ、悩む若者を見るのは良い暇つぶしになります》

ダンジョンでは効率的な魔物討伐と死のリスクの回避が出来る。何回生き返れるかは不明だが、三百九十四回までは大丈夫なのだ。更に古代の遺物まで使えるとなれば、これは恩恵と言える。

「血。俺に流れるボースハイト家の血か」

自分に流れる血を誇らしいと思ったことはない。母を苦しめた一族の血が俺にも流れている。さぞ優秀なのだろうが——別に俺は王族の血など欲しくなかった。母には王宮になど入らずに、どこかで幸せな家庭を築いて欲しかったのに。

握り拳(こぶし)と噛(か)み締めた歯を緩める。心配そうに見上げるガブリールと共にドアを開け、草原へ続く大穴の出口を見つめる。

このままでは外に出る時に面倒くさい。

人に見つかりやすくはなるが、土を階段状に掘り進める。腕力が飛躍的に高まっているので作業は容易かった。

第5話　兄弟

グリフォンの翼が風を切り裂く音、〝特別な皮〟を裏布にしたローブをはためかせ、第八王子エイスはグリフォンの背で草原を見下ろしている。

忌ま忌ましいほどの快晴にエイスは舌打ちを漏らす。そう忌ま忌ましく、鬱陶しい。

（アンリはどこだ？　無理もないが……死にやがったか）

心の中の焦燥を抑えつけるようにして、エイスはアンリを捜す。

長大な防壁に囲まれた都市ハーフェンより西方。この草原は獣人・亜人氏族、自治領との緩衝地帯であり、膨大な数の魔物が自然と国境線を成していると言える。

治めるに難く、放置するに易し土地……と皆は言う。

ここで軍勢を進攻させようとしても、雪の山脈を越えるより被害が出るだろう。住まうのは狂人か、魔物か、どちらにしても人未満の生き物のみ。

派閥闘争に揺れる王宮は身動きしづらい。エイスが所属する第一王妃派閥も諸侯の囲い込みや策謀で多忙を極めており、十二王子（アンリ）について半ば忘れかけていた。

勝手なことだ。無遠慮に追放して放ったらかしとは。

エイスは憤慨した。最後まで面倒を見るべきなのだと。

「おいおい、あれは……？」

グリフォンの手綱を強く引いて中空で静止し、眼下に見える人影を凝視する。茶色の狼と一緒にいる灰色髪の男は、エイスにとっては馴染（なじ）み深い人物だった。

「アンリ、じゃねえか」

エイスは喜色を浮かべつつアンリを指差し、グリフォンは滑空して、大地を抉（えぐ）りながら地に降り立つ。

「エイス……」

アンリが驚愕（きょうがく）に満ちた顔で言葉を漏らした。

「いよう。元気してたか？　死んだかと思ってたぜ」

「なんとか生きていますよ。……兄上は何用でここへ？　俺に関わると王宮での立場が危うくなります。賢明とは思えませんが」

「おいおいおいっ！　つまんねえ事言うなって！　俺が助けに来たんだぜ。こんな草原に居たら死んじまうぞ。王宮を出てから二十日くらいか。よーく、生きてたなあ」

「二十日……？　時間の流れが――いや、まだ結論を決めるのは早いか」

相変わらず辛気臭い顔をしている。灰色髪と三白眼がさらに陰気さを助長していた。エイスが思わず王宮での日々を思い出してしまうほどに。

「外に出た感想はあるかよ？」

「………ガブリール――少し――」

アンリが小声で何かを呟くと、狼は不安げに唸ってから後ろに下がる。

「無視するってのか？」

「お願いします。帰って下さい。もう俺は……関係ないでしょう」

「あぁンッ!? テメエ、俺に……頼める立場だと……思ってんのかぁッ!?」

丁寧な口調に泰然自若とした態度が、どうしようもなくエイスを苛つかせる。そうだ、この男は何時だって感情を押し殺したような顔をする。

「感想を、言え」

「――っう………」

グリフォンから降り、一歩歩み寄り、握り拳をわざとらしく見せる。それだけでアンリの顔面は蒼白になり、呼吸が早くなる。

何年も躾けてやったのだ。尊厳をへし折り、痛みを体に覚えさせ、自覚させた。

お前は薄汚い娼婦の子なのだと。ベッドで父王に跨る売女の子だと。

「グゥルルッ！」

汚い狼が牙を見せて唸るが、大した強さとは思えない。スケルトンを五体も召喚すればそれだけで討てる。

「命令――待機。ガブリール……ありがとう」

アンリが深呼吸して――こちらを三白眼で睨みつける。最初の言葉は調教して覚えさせたのだろうか、あまりの滑稽さにエイスは歪んだ笑みを浮かべた。

「おいおい！　汚え狼がお友達かよ。お似合いだぜえ」

「彼女を侮辱するな。エイス」

「かのじょを侮辱するな～、ってか！　く、クハハっ！　傑作だな、おい！　追放者が獣相手によお……ハハ！　夜は狼と交わってんだろ？　さっすが売女の子！　お盛んだねえ――!!」

「……お前の周りには誰も居ない。死者と腐肉だけ……そのグリフォンもアンデッド。生命を否定するからだ。輪廻を軽んじる死霊術師が……太陽の下を、歩くな！」

「ああっ!?　テメエ……何言ってやがるッ!!」

「よくも俺の狼を侮辱し、母上を蔑んだな。穢れしボースハイトが。殺してやる」

アンリが片手剣を抜き払い、鞘を捨てる。

「テメエもボースハイトだろうがッ‼　ぶっ殺してやるッ‼」

エイスは杖を地面に突き立て、スケルトンを召喚する。

黒い影が周囲の地面に散り、魔力で編まれた白磁の骨が地面から這い出てきた。忠実なアンデッドは粗末な武器を手に、術者の命を待っている。

「スケルトン！　その灰色野郎を捕まえろ！　まだ殺すな！　手と足を千切り、耳を裂き、皮を剝いでローブの裏布にしてやるんだッ！」

了承の言葉を返す代わりに、スケルトンは小走りにアンリに駆け寄っていく。

魔力を練ってスケルトンとの接続を強化しつつ、エイスは杖でアンリを指し示す。

十五歩の距離――数秒で片がつく。

手足を切り落とした後のことをエイスは考える。拷問も良いが、アンデッドに変えてアンリの母の生家を襲わせるのも良案だ。年老いた老夫には堪えるだろう。

「骨ごときで俺が殺せるものか！」

アンリが吠えつつ剣を横に構えた。最後の遠吠えだろうか――スケルトンの一群が圧殺するように群がり、エイスが勝利を確信した瞬間――世界が一瞬、止まる。

透明な線が宙を走ったように見えた。

それだけでスケルトンの殆ど（ほとん）が両断されている。まさかとは思うが、剣閃（けんせん）を放ったのだろうか。

バラバラになった骨が草原に散らばり、その中心に立つアンリは怒気を漲（みなぎ）らせていた。

エイスは数年ぶりに恐ろしさを感じた。生死の境目に自分が立っていると。

「ありえねえ……なんで、お前が……」

確かにアンリは王宮で兄達と同じ剣術を習っていた。血筋だろうか、多少の才はあったが、ここまで人外じみた剣技の持ち主では無かったのだ。

長兄が流れる水のような剣捌（けんさば）きならば、目の前のそれは天から落ちる稲妻のよう。音よりも速く、落ちたと思えば人が死ぬような、そういった剣捌きだ。

「俺も短慮だった……」

「何を言って、やがる……？」

「エイス、まだ殺さない。貴様がここに居るのは王宮の意向か。今から貴様の五体を裂き、瞳（ひとみ）に鉛を注ぎ込んで吐かせてやる」

「グリフォン！　来い！」

足を上げて跨ろうとしたが、うまく乗れない。まさかとは思うが、怯（おび）えているのだろうか。出来の悪い弟相手に。

「待て！　逃げるのかっ⁉」

アンリの徒歩が小走りになり、駆け足は全速力となる。

（速い！　何だアレは！　変な薬でもキメたのか？）

残り全ての魔力を使ってアンリにアンデッド化の死霊術をかける。生者に対して効き目は薄くなるが、魂を縛ろうとする嫌悪感と酩酊感は足を留めるに十分であった。

「降りてこいッ！　エイス・ルクスド・ボースハイトッ！」

グリフォンの翼がはためき、眼下のアンリは吠えていた。

「ふざけるなッ！」

そうだ。ふざけている。王宮に居た頃のアンリに大した力は無かった。能力も素養も、外れの出来損ない。底辺貴族の腹から生まれた、王家の面汚しであった。

これほどまでに侮辱された事があっただろうか。格下と決めていた相手がまさか歯向かってくるとは！　窮鼠が相手でも憎悪が湧いてくる！

「父王はお前を見捨てたっ！　出来損ないの灰色野郎がっ！」

「それがどうしたっ！　貴様はいつものように父王の尻でも舐めていろっ！」

下唇を噛んで次の一言を絞っていると、アンリが屈み、拳大の石を摑んだ。

「落ちろっ！　羽虫がッ‼」

振りかぶり——アンリが投擲した。

「っあああぁあっ！　正気か、テメエぇええぇッ!!」

唸りを上げて迫る石。グリフォンの胴体を掠って肉を削った。痛みや感情とは無縁のアンデッドだから良いものの、もしこれが生きたグリフォンならば墜落の可能性すらある。

「全力で離脱しろ！」

グリフォンが勢いよく飛翔し、アンリの姿が豆粒程度になる。

投擲が決して届かない距離となっても——アンリはこちらから目線を外すことなく、一歩も動かなかった。

第6話　姉妹

Expulsion prince of out-of-skill, infinite growth in a mysterious dungeon

鉄の手錠が疎ましいと、エルフの少女——トールは幌馬車の中で思った。

隣では双子の妹であるシーラが不安げにこちらを見つめている。姉としてすべき事。それはもちろん、奴隷商人達から妹のシーラを逃げさせることだ。

「だいじょぶだよシーラ。あたしが何とかするからさ」

トールはシーラを安心させるため、優しい小声で語りかける。

「逃げようなんて思わないで。殺されちゃうよ……お姉ちゃん……」

シーラも二人の奴隷商に聞こえないようにひそひそと喋る。

二人の故郷であるオルウェ王国が戦火に包まれ、住んでいた村も傭兵に襲われた。若いエルフは戦利品として格好の的だったのだろう。

もちろん、何の才も無い平民である姉妹の末路はトール自身がよく知っている。話を聞く限りでは双子のエルフを所望している貴族が居るらしいのだ。どういった扱いかは聞くまでもない。

(馬を操ってる方を何とかして……けどもう一人は強そうだし。護衛なのかなあ。お父さんより……強いのかな……?)

トールは頭の中で算段をつけるが上手くいかない。手錠が外れても大人の膂力には敵わないし、魔術なんて使えない。二人は只の村娘でしかないからだ。

床に傷をつけて日数はずっと数えていた。村を出てから三十八日目。故郷から南西のオルザグ山脈に沿うようにして、ずっと人通りが少ない場所を通っていた。

途中からはヒュームしか見ていないから、恐らくヒュームの国を通っているのだろう。同族に助けを求めることは難しい。

トールと同じように連れられていた村の仲間は〝ヒュームの都市〟の近くを通る度に減っていった。今ではトールとシーラの二人のみで、奴隷商が言うには「商品価値が高いからな、お前らは」とのことだった。

確かにトールは思う。シーラには価値があると。長くて綺麗な金髪はサラサラとしているし、ブルーの瞳は宝石のようだ。まだ十四歳なのに料理も上手で、気立てがすごく良い。姉として誇らしい――自慢の妹なのである。

反面、自分はガサツで女奴隷としての価値は無い。

男の子みたいだと揶揄されることも、真っ赤な瞳がシーラと対照的だとからかわれることも多々あったが、それはいいのだ。女の子っぽいことは妹に任せればいいと、平和な村で過ごしていた時はそう考えていた。

「おい、ここからは飛ばすぞ。ヤベえ場所だ」

弱そうな方の奴隷商が乱暴に言うと、隣の屈強な男も頷く。

今は南の何処かにある草原地方。なんでも魔物が異常に強く、数も多い地帯らしい。何でここを通るのかと思えば――多分、この人達が悪党達だからだろう。

「王国兵に見つかるなよ」

「分かってるって。ヘマはしないさ。何年やってると思ってんだよ」

「妥協してレアールに戻るか？　ダルムスク自治領行きはシンドいぞ」

「自治領だと値段が五倍になるんだよ。ここらでビシッと稼いで、二年ほど南でゆっくりしようや」

「そりゃそうだな。おい、エルフ。何見てんだよ」

屈強な男が姉妹の方をじろりと見ると、シーラの体がビクリと震えた。

「そんなに俺が気になるなら使ってやろうか？　子供は趣味じゃねえけどな」

「別にいいけど。お前の取り分はなしな」

「冗談だって」

冗談と言うよりは、こちらの反応を見て楽しんでいるようだった。トールも子供らしく怯えるふりをしつつ、反撃の機会を待つ。


そうして一日が過ぎ、起伏が少しある地形を行く最中──突如、魔物達が襲ってきた。

まずは屈強な男が幌馬車から降りて戦闘が始まり、外から怒声が響いてくる。

「おい!! 弓撃て、弓!! 空にも魔物が三体いるぞ!!」

もう一人の男が慌てて弓を掴んで矢を射る。

村の大人達と違って戦闘経験を積んだ人の動きに見えた。矢を射る音に合わせて魔物の甲高い鳴き声が聞こえてくるのだが、次の瞬間、男の悲鳴が響いた。

「ギャアッッ!! コイツ、噛みやがった!!」

幌馬車から見える所で男が叫んでいる。大きなトカゲが肉をむしり取る勢いで噛みついている。血がだばりと地に落ち、草原の緑を朱に染めた。

「何やってんだよ。そんぐらい何とかしろっ!!」

男達は互いに協力していない。負ければ次は自分達が魔物の餌だと理解したトールは、右手の手錠を力任せに引っ張るが、ガチャガチャと音がするだけで——壊れる気配はない。

「お姉ちゃん。手、怪我してる。もう止めて！」

「大丈夫だってば。魔物に喰われるよりマシでしょ」

何も大丈夫ではない。こんな草原で逃げ出した所で他の魔物に食べられるだけだと、トールも分かっている。だけど今動かないなら——きっと自分は一生、後悔するだろう。

「ふぅー」

深く息を吐いて覚悟を決める。この四十日近く、ずっと手錠を緩めることに苦心していた。スープを金具に掛けて錆びさせ、石をぶつけて歪めたりと。

「——ッッウぅううぅッ!!」

だが最後の一手が足りなかった。覚悟と言うのだろうか——トールは手首が脱臼しても構わないとばかりに、手錠から手を引き抜こうとする。

ギリギリと音がする。痛すぎて涙が出てくる。だけどトールは渾身の力を振り絞って、手錠から手を抜いた。痛みで過呼吸になるが——ぐっとこらえて大声は出さない。

「よっ、し。鍵はあの人達が持ってるから。待っててねシーラ」

「お姉ちゃん……ごめんね……私…………いつも……」

「なーに言ってんのよ」

謝る必要などない。トールはそろりと幌馬車の前方から顔を覗かせる。すると草原の稜線の向こうから、駆けてくる茶色の狼が見えた。

「こらっ！　ガブリール止まれっ！　危ないだろうがぁっ！　ステイ！　ステイ！」

灰色髪のヒュームも後ろから全力疾走してきた。

少し年上だろうか——立派な鎧、それと剣を佩いている。

幌馬車と灰色髪の男の間には三体の魔物がいる。人より大きいトカゲ。素早く動いて灰色髪の男に噛みつこうと飛びつくが、下段からの斬り上げにより両断された。

奴隷商達も驚いている。突然の乱入者が敵か味方か分からないようだ。

狼が飛び、低空飛行している魔物の首元に喰らいつく。ぶしゅうと血が吹き出し、狼は興味を無くしたように魔物を放り捨てる。次の獲物はどこかと——瞳が煌煌と輝いていた。

剣の動きに同調するようにして血の雨が降る。少し待てば、残る魔物もあっけなく討ち取られる。辺りに人以外の死体が転がる中、奴隷商は愛想よく青年に語りかけていた。

「いやー助かりました。私どもは旅の商人でして、何とお礼を申し上げていいのやら」

「そうでしたか」

「ハーフェンで商会をしております。お立ち寄り頂ければお礼させて頂きますね——」

嘘だ。この人達は真っ当な商人ではない。大声を出して助けを求めるべきか。

「――なるほど、立ち寄らせて頂きます。ちなみに何を扱っておられるんですか？」

「……食料品や雑貨等。単価の低いものでございますよ」

「なるほど食料。だからウチの狼が反応したんですね。食いしん坊ですから」

「ははは、狼を使役するとは珍しいですね。名をお聞きしましても？」

「いえ。名乗るほどの者ではありません」

取り留めのない会話が続く。屈強な男が戻ってくるので、トールは急いで手錠に繋がれているふりをすると「大声を出すなよ」と凄まれてしまった。

「ここを交易路とするのはおかしいが、詮索はしません。俺も死にたくは無いので」

「おや、意外と賢いですな。では互いに何も無かったということで」

「ええ」

幌馬車から男が離れようとする。だが、男のポケットの中に鍵があることをトールは知っている。ならば――

「わぁああ――――！」

トールは勢いよく飛び出し、油断した男の剣を奪って斬りつける。

だが非力で剣術の巧緻も感じさせない一撃は、男の背中を薄く斬るに止まった。

「っ痛えッッ！」

シャツを赤く染めた男が怯む。トールは急いでポケットに入った鍵束を奪い取るが、憤怒の表情をした男に殴りつけられた。

「がふぅっ!!」

背中から地面に叩きつけられ、衝撃で肺腑の空気が全て抜ける。薄くなりそうな意識に活を入れて鍵束を持っているか確かめると——確かに左手には鍵束があった。

「テメエ、殺されてえのかッ!!」

男が痛みで動けなくなればと思った。だけど男は地面に落ちた剣を拾い、こちらを憎々しげに睨みつけている。

力を振り絞って立つ。今逃げれば自分だけは逃げられるかもしれない。だけどそうなるとシーラはもっと酷い目にあう。

「奴隷商か、貴様らは」

灰色髪の男が鋭い目で男達を睨みつけている。

「文句でもあるんですかねぇ。奴隷商がお嫌いとでも言うつもりですかい?」

「エルフ……オルウェ王国で得た戦利品か。こんな道を通るのだから正規の奴隷商では無いな。北方でキルロイ傭兵団あたりと交渉して買い付けたってところかな」

「ご明察。一つだけ言っておくが義憤で動こうなんて思わない方がいいですよ。互いにただじゃあすみやせん。見逃すのが無難ってもんです」

「一つ聞くが、その子の家族はどうした？」

「さあ、こっちも商売ですから。売れない年増のエルフなんて気にしませんねえ」

「そうか。普通は気にすると思うがな」

奴隷商達は嗤っていた。弓を持っているので戦闘の利があると思っているのだろう。だけど——灰色髪の男は見慣れない武器を胸元から取り出した。

「銃……？　何で、そんな高級品を……？」

奴隷商達が額から汗を流しながら後ずさった。

銃——話に聞いたことがある。ドワーフが造る工業品で、鉄の筒から火薬の力で弾を飛ばす武器だと。

なぜあの人は持っているのだろうか？

「銃、違うな。これは魔導銃という。世俗の者では知らなかったかな？」

灰色髪の男が片手持ちの銃を構える。油断ない立ち姿は歴戦の勇士のようだ。

「降伏しろ。俺の指先一つで、貴様らを肉塊に変えられるんだぞ？」

銃の先端部に光を帯びた魔法陣が現れる。神々しい輝きは神話の魔術のようで、トールは思わず息を呑む。

（こんな辺鄙な所に、すごい力を持ったヒュームがいるなんて……）

トールはこの人なら助けてくれるかも――という淡い期待をつい抱いてしまった。

第7話 ホラ吹きと魔導銃

Expulsion prince of out-of-skill, infinite growth in a mysterious dungeon

糞(くそ)のような兄が来たと思えば、次は悪漢のお出ましだった。ここは治安が悪い。

それに……不味(まず)い。死ぬほど不味い。吐きそうなくらい緊張している。

魔導銃を構えたは良いものの——俺は一発しか撃てない。この銃は体内の魔力を魔弾にして撃つものだが、悲しいことに俺は魔術素養が殆(ほとん)ど無いのだ。

目の前の二人はさほど強くはないと思うが、生死を賭(か)けるとなれば、一欠片(ひとかけら)でも負ける要素は排除しないといけない。俺が死ねば、ガブリールも死ぬのだ。

魔導銃。見た目はドワーフが造っている片手銃と似ているが、弾倉部分には蒼(あお)い魔石が嵌(は)め込まれている。排熱機構らしいが時代をかなり先取りしている造りだ。

だが、これは盗人子鬼(シーフゴブリン)の三つ目の大袋から出たもので、そもそも使いこなせていない。試し撃ちはしたけど動く標的に当てるのは無理だ。

「——や、やるってのかあ!?」

強そうな男を演じたお陰で奴隷商二人は慌てている。横には一人のエルフ。幌馬車の中は不明。弓を持った弱そうな男を撃つべきか、剣を持った強そうな男を撃つべきか、そもそも殺していいのか。

オルウェ王国との戦争は——俺の一族が始めた。

本当に罪ある者は傭兵団なのか、奴隷商なのか。それとも——

「モグリの奴隷商。子供を売る外道」

奴隷商がビクリとする。

「悪魔の一族。確かに、そうかもしれないな」

魔導銃を構えて、引き金を引く。

「ッぎゃあああっっ!!」

火薬の炸裂とも違う〝ドウン〟という魔術的な発射音がした。

蒼い光弾が屈強な男の足を抉る。大地を支える足の一つが役割を果たさなくなり、男はその場に倒れた。口角から泡を飛ばしながら、傷跡を押さえている。

「そこの男。まだやるのか」

もう一人の男に問いかける。

「……ぁあ、ああ。奴隷は置いていくから、頼む。見逃してくれ……」

「諒解した。東に逃げるといい。運が良ければ都市ハーフェンまでたどり着ける」

そう……運が良ければだ。幌馬車を引く馬は戦闘で死んだ。傷跡から血の臭いを漂わせる男二人が——この草原で生き延びられるかは、神のみぞ知る。

悪人と言えど殺したくないとか、子供に血を見せたくない——と言えるほどに俺は善人ではない。あの男達が俺の知らない所で勝手に死ねば、それで良いのだ。

「あ、あの。ありがとうございます。あたしはトールって言います」

俺より少し年下の、エルフの少女がおずおずと話しかけてくる。

「はじめましてトール。俺はアンリ・ルク——」

言い淀んでしまった。俺がボースハイトの一族だと知られれば、ひどい罵声が飛ばされるだろう。呪詛や怨嗟——いや俺は甘んじて受けるべきなのか。

「アンリだ。血の臭いで魔物達が寄ってくる。今は逃げよう」

「待ってください!!　妹がいるんです!!」

「二人か。え……二人？　食料……足りるかな……」

すっごい不安。少しの間匿うにしても二人になるとは思わなかった。

夕刻——石碑の部屋に戻ってきた。

「水でもどうぞ」

客人をもてなすべく、追放時に持ち出した木のコップに水を入れて差し出す。

「ありがとうございます。アンリ様」

テーブルもないのでコップは床に直置きだ。無作法ではあるが仕方ない。

「改めまして、こちらは妹のシーラです。ほら、ご挨拶して」

「は、はじめましてアンリ様。シーラと申します。どうかよしなに……」

大人しそうな妹さんだ。姉とは対照的に見える。

「お姉ちゃん……右手……だいじょうぶ？」

「今は挨拶してるの。ちょっと黙ってて」

脱臼しているのだろうか、トールの右手が可哀想なくらいに腫れている。

古代の治癒ポーションを使うべきだろうが、技術は秘匿したい。

頭をひねると妙案が浮かぶ。気づかれぬ内にコップの水に混ぜればいいのだと。

「こちらの狼はガブリール。人は嚙まない……と思う」

「強い狼を使役するなんて、貴方は世を捨てた賢人様でしょうか？」

赤い瞳でこちらをじっと見られる。視線の延長線上にはコップ。うーむ。

「あれは銃の力によるもの。俺自身は大した男ではないよ」

「またまた。ご謙遜をー」

「……何だか、無理している敬語だな。妹に話すように楽に喋って欲しい。俺が疲れてしまうよ」

「分かりました。アンリ様」

「呼び方も楽に」

「アンリさん」

「もっと楽にすると？」

「アンリ……って呼び捨てはまずいですよね？　……よね？」

いや、それでいい。むしろその方がいい。俺は敬われる人間ではないのだ。

「俺もトールと呼び捨てにするからお互い様だ。それと……右を向いてくれ」

右には草原で拾った頭蓋骨、通称ウィル君が飾られている。

「……なんだろ……って、うわぁあああああっっ!!　がいこつ――――!!」

「きゃあああああっっ!!」

姉妹が揃って驚いた今しかない。ポーションの瓶を迅速に開けてコップに垂らす。

「なんで、がいこつがあるのぉっ!!」

「分からない。前にこの部屋にいた人が飾ったのだろうか」

「悪趣味すぎるようっ!!　怖いってーっ!!」

「…………」

少し傷つく。トールに水を飲むように勧めると、こくりと嚥下するに合わせて傷が快癒する。驚く二人に合わせて、俺も驚いたふりをする。びっくりだなあ。

「川のそばで薬草でも育っていたのだろう。その水だから傷も治ったと」

適当な嘘をつく。二人は半信半疑だったが、真相にはたどり着けまい。

「シーラも俺を気軽に呼んで欲しい。呼び捨てでいいから」

「男の人を呼び捨てで呼んだことが無いんです……」

「そうか。なら無理をしなくてもいいが――」

「なので、お兄さんって呼んでもいいでしょうか？」

あざとい。庇護欲を煽るような心ときめく呼び方である。

「構わないよ」

清楚そうに見えて実は狡猾な女性なのか？　気を付けなければ……。

「二人は帰る場所があるのか？」

「私達の村は傭兵団に襲われて……焼けてしまいました」

俺の国と戦争中、エルフ——当然の帰結として二人はオルウェ王国の生まれだ。戦火と混迷に包まれた北方で二人が生き延びられるわけがない。

「あのっ！　お兄さんっ！　お願いがありますっ!!」

弱気を打ち消すような大声。ガブリールが驚いたようで耳がピンと立った。

「お母さんに教えてもらったので家事は出来ます！　あのその、ご迷惑かと思いますが、お姉ちゃんと一緒にここで働かせて貰えないでしょうか？」

俺もそうだが、トールも驚いたようで目を丸くしてシーラを見つめている。

「……俺は王国からこの地を開拓する任を仰せつかった領主だ。協力してくれるなら、確保した食料とこの部屋を提供しよう」

姉妹の顔がぱあっと明るくなるが、俺の心は晴れない。

二人は俺の一族が始めた戦争で出た犠牲者だ。救う義務がある。だが家名を名乗らないのは自己保身に過ぎるか。

「情報が肝要だな。皆の間で知り得ていることを摺り合わせよう」

俺は王宮育ちの世間知らず。本で得られる以上の知識はない。

「トールはダンジョンというものを知っているか？」

「んーと、魔物の巣とか、古代遺跡とか、魔力がぐわーと高まってる場所でしょ」

「そうそう。一般的に言うと〝マナの風〟の影響を強く受けた場所だ」

魔術や魔導具は魔力の根源たるマナを消費し、減った分を補充しようとして、周囲からマナを吸い込もうとする。この流れを〝マナの風〟と言う。

「――であるから、マナの風がダンジョンのような閉所で吹くと、マナはより濃くなりやすい。外で吹いても周囲に散ってしまうが、ダンジョンだとマナが奥の方に溜まるからな。そして魔物は強くなり、石は魔力を帯びた鉱石に変質する。武具などもダンジョン内で放置するとマナを帯びて強力になるな。トールは他になにか知っているか」

「一攫千金をねらって潜ろうとして死ぬ人がいたり、国が軍人の育成に使ったり？」

「そうだ。ちなみにそこの階段がダンジョンに繋がっているぞ」

「えええええっ!!」

その後も話をするが〝ダンジョンでの蘇生〟と〝踏破点による報酬〟という概念は二人には無かった。やはりこのダンジョンは常識外だ。

周辺の草原に魔物が多いのは、このダンジョン由来の〝マナの風〟のせいだろうか。ダンジョン内から魔物が逃げ出している様子は無いので、濃いマナにより生態系が変化している可能性もある。

王国がこの地を見捨てた理由も分かるというものだ。ダンジョンを踏破し無力化出来れば、この地は平穏な草原に変わるだろうが、いったい何階層あるのやら。

「シーラ……だいじょぶ。眠いの？」

「ねむくないよ……おねえちゃ……ねむくない」

シーラがうつらうつらとしている。

トールと一緒に見つめていると、ふらーと倒れてガブリールにぽすんと頭を落とした。

「ごめんね。ずっと緊張してたから……安心して気が抜けたんだと思う」

「無理もない。トールも寝るといい」

「うん……ありがとう……アンリさん。じゃなくてアンリ。おやすみなさい」

トールもガブリールを枕にして寝転んだ。

——少し待つと、すうすうと寝息が聞こえてくる。

二人は硬い床で互いを抱きしめるようにして寝ている。ガブリールも賢いもので身じろぎせず枕の役割を果たしていた。

二人からは信頼感、いや家族の愛情を感じる。焦がれるような眩しさだ。

「硬い床で疲れは取れない。きちんとした食事と安全な住居か……」

強い言霊で自分を鼓舞する。人生という道があれば、俺はきっと後ろだけを見て歩いてきた。一人ならばそれで良いが、今では二人と一匹の人生が俺の双肩にかかっている。

「やり直したい……」

ダンジョンの報酬には生活を豊かにするものも沢山ある。だが……外に出て生活を始めれば魔物とエイスに見つかりやすくなる。この部屋に留まるのは上策だが、ずっと陽の光を見ずに生きていくのも辛い。

踏破点の使い所が肝心要である。いつ、どれぐらい使おうか、と考えながら瞼を閉じる。こう硬い床だと、トゥーラの城のベッドが僅かに恋しくなってしまう。

第8話　即席。パーティー

Expulsion prince of out-of-skill, infinite growth in a mysterious dungeon

　夜明けにこっそりとダンジョンに潜ろうとした所、気づいたガブリールが吠(ほ)えてしまい、姉妹に詰め寄られてしまった。

　始まりの言葉は何だったろうか、確か『あたしも荷物持ちで付いていく！　邪魔にはならない！』とかそんな感じ。人手は喉(のど)から手が出るほど欲しいが、故郷を無くした子供に死線を潜らせるのは嫌だった。

「やだ！　付いてく！　あたし、やること無いもん！」

　彼女なりに価値を証明しようとしているのだろうが、俺は役に立たないからと言って草原に捨て去るほど鬼畜では無い。

「聞き分けのない……子供らしくしてろ」

「じゃあ……あたしに出来る仕事をちょうだい？」

「…………」

草原の草を毟る仕事くらいしか無い。ちょっと喧嘩腰な会話に怯えるシーラを見つつ、妙案をひねり出していると――魔導銃が目に入った。

「妹を護れるくらい強くなりたいの。奴隷なんて……二度となりたくないよ……」

「はぁ……銃なら安全に戦えるかもな……」

「……ホントに？」

そして時が少し進み、草原の上で試験が始まる。

「トール、あそこに置いた石に向けて魔導銃を撃つんだ」

「うん。当たるかなぁ……うーん。こうかな？　それともこう……」

三十歩の距離にある人頭ほどの石に魔弾を命中させれば、ダンジョンへの同行を認めると約束したのだ。残酷だが自分が戦えないと分かれば諦めるだろう。

当たるわけがない。銃というのは扱いが難しいし、俺も同じ条件で試したが無理だった。

魔導銃は二丁あるのでトールの太ももには二つのホルスターがぶら下がっている。そのうちの一丁を構えるトールは真剣そのものだ。

「よーし、見ててよね」

銃口の先に魔法陣が広がり、トールは「おりゃあ」と言いながら引き金を引く。すると蒼い魔弾は僅かに石を逸れて外れてしまった。

「残念だったな。おとなしく留守番を――」

「むっ……まだ撃てるし、舐（な）めないでよね」

また銃口から魔弾が放たれる。二発目を撃てるとは驚きだ。

バガーンと音がして石の右側面が削れ、トールは「どやっ！」という顔を俺に向けてきた。エルフは弓の名手が多いと聞くが、銃にも似通ったところがあるのだろうか。

「ばんばん。ばばーん!!」

更に撃つトール。放たれた弾は計五発。どうやら魔術素養が人並み程度にあるようだ。反面、俺の素養が人並み以下であることが証明されて、悲しい気分になる。

「楽しいね銃って！　じゃあ約束通り、あたしも付いていくから！」

眩しい笑顔でそう言われると困ってしまう。


ひとまず石碑の部屋に戻り、報酬一覧からスクロールとポーションを選ぶ。あと救世棒三型（メッツレ・ヴィルガ）を二本。城で得た踏破点はまだ潤沢にあるが節約である。

ついでに石碑で調べるとトールの恩寵（おんちょう）度は一と、まさに標準的な村娘であった。

「ガブリールは留守番だ。危ないと思ったらダンジョン内に逃げて、俺と合流して欲しい。

シーラと一緒にな」

賢く可愛い俺の狼がガウと吠えた。

「このダンジョンは特殊な造りをしていて、内部で成長しても外に出れば打ち消されてしまうんだ」

古代人の思惑があるのだろう。嫌がらせか、それともダンジョンを長続きさせるためにマナを循環させる仕組みにしたのか。

今後のために二人に俺の能力（スキル）の説明をすると、ふんふんと頷（うなず）かれる。

「――能力（スキル）を共有する為に俺の血を分ける必要がある。トール、嫌だろうが我慢してくれるか」

「駄目ですお兄さんっ!!」

シーラが顔を真っ赤にして遮ってくる。

「血を分けるって……お姉ちゃんはまだ十四歳で……そんな事出来ませんっ！」

「確かに気持ち悪いだろうが。水に血を混ぜて飲ませるとか、工夫するから」

「……？　飲ませる……って、あ……ごめんなさい。勘違いしてました……」

トールが首を傾げて思案顔をしている。確かに〝血を分ける〟という表現は違った意味合いに勘違いされやすい。

「……あぁ、そういう事ね。シーラはむっつりだから。ごめんねアンリ」

「構わない。俺の言い方も悪かった」

剣で指先を斬り、血を水の入ったコップに垂らす。

トールが両手でコップを持ってごくごくと飲めば、石碑には〝劣化無効〟がトールにも共有された事が示されていた。

「私むっつりじゃ無いもん!! ひどいよお姉ちゃん!!」

「ふふふふふ、まあまあ。すぐ帰ってくるから待っててね」

「……やっぱり私も付いて行った方が……」

「だーめ。二人分働いてくるからさ。お姉ちゃんに任せといてよ」

シーラが淋(さび)しげな顔をするが、トールは気づいているのだろうか。


トールの魔力は半日もすれば回復した。

「ここから下がダンジョンだ。引き返すなら今。本当に良いのか？」

「う、うん。いけるいける！ 任せといてよ！」

階段を降りて一階層に入る。

見慣れた部屋と目に入る通路達。どうやら魔物は居ないようなのでトールにスクロールを二巻手渡す。

「なにコレ？」

「〝壁消しのスクロール〟をまず開いてくれ」

「……壁消し？　分かった」

スクロールの効果が顕現して一階層の壁が消滅する。

「次は〝雷鳴のスクロール〟を開くんだ」

すると雷が落ちて全ての魔物が死んだ。知恵と勇気の勝利だ。

「これの組み合わせだけで……全部終わりじゃないの？　あたし必要じゃないかも……」

「〝壁消しのスクロール〟はどれだけ在庫があるか分からないからな。これはもうしないよ」

トールは五十近くの魔物を倒した。これで恩寵度もそこそこ上がったはずだが、残念なことに盗人子鬼（シーフゴブリン）が居ないのでアイテムの補充はなし。

「階段を降りて二階層に行こう」

「すごい釈然としないよ。いいのコレ？　ズルしてない……？」

「大丈夫だって。それより体の調子はどうだ」

「体の奥からじわーと温かいのが広がる感じ。強くなったのかなあ。分かんないや」

階段を降りて二階層へ潜る。通路を進むと目に入るのは光る壁に囲まれた部屋。階層の意匠は一階層と何ら変わりがない。

急いではいけない。魔物は何処にいるか分かったものではないのだ。

急ぐと罠が発動した時の対応も遅れる。急いだせいで毒霧の罠が発動し、しこたま毒を喰らって、汚物と血を吐きながら苦しんだ記憶が蘇る。

その時は毒治癒ポーションと毒ポーションを持っていたのだが、余りに名前が似ているので間違えてしまった。毒の重ねがけは無知蒙昧な俺を戒めるように、筆舌に尽くしがたい苦しみを与えてくれた。

今は使う前にきちんと確認しているので間違うことは無い――はずだ……。

それに毒ポーションは非情に、いや非常に有用だ。剣に塗れば毒の剣となり、食料に混ぜれば毒餌となる。切羽詰まった時は直接投げても良い。運が良ければ相手に中身がかかるだろう。

「トールは後ろに注意してくれ。俺は前を担当するから」

「分かったよ」

暗い通路を進みつつ考える。恐らくだが踏破点は強い魔物を倒したり、深い階層を踏破すれば、より貰(もら)えるだろう。

「止まれ」

小声でトールを静止させる。

次の部屋にいたのは二体の魔物だった。虚騎士(ホロウナイト)と浮遊邪眼(イビルアイ)。前者には以前手ひどくやられたが、後者は初見である。

「まずいな」

ふよふよと宙に浮かぶ一つ目。目の下には触手が垂れ下がっており、神話の化け物のような見た目をしている。

こいつはまだ知らぬ能力を持っているかも知れない。瞳(ひとみ)から光線が出たり、精神を操ったりと、何か陰湿な攻撃をしてきそうな見た目である。

「先手必勝だねアンリ。あたしが撃とうか？」

「任せた。もう一体は俺が担当する」

トールが深呼吸して二丁の魔導銃をホルスターから抜く。片手に一丁ずつ、器用に構えたトールは「ばーん」と言いながら二発の魔弾を発射した。

「ツッギィイイイイイッ!!」

浮遊邪眼(イビルアイ)の目に穴が二つ開き、体液を撒(ま)き散らしながら絶命する。

魔物達に同族意識があるのかは不明だが、虚騎士(ホロウナイト)も俺達に気づいたようでグレートソードを前にして突進してくる。

「来るか」

魔物は巨大なグレートソードを上段に構えるや、轟音(ごうおん)を上げて振り下ろしてくる。

それをステップで回避する。俺の頭を容易(たやす)く両断するだろう一撃は、床に当たり金属音を立てた。

身体能力が上がっている。敵の動きが前と比べて遅く見えるようで、体も自分が思った以上によく動く。むしろ勢いが付きすぎて転びそうになるほどだ。

体の試しである。わざと相手の攻撃を受けたりして、戦闘の勘を摑(つか)もうとする。

上段からの大振りを下段からのカチ上げで跳ね返す。そのまま魔物と剣戟(けんげき)を交わし、四合目――横薙(よこな)ぎの一撃を振るうと、魔物の体勢が揺らいだ。

「――っ！　罠か！」

一歩踏み込むと、今度は足元に罠があった。ガコンと沈む床に合わせて壁から矢が射出される。俺が魔物の手首を摑んで盾代わりにすると、鋭い矢が三本、魔物の背に突き刺さる。

魔物の左脇腹に蹴(け)りを入れる。あっけなく倒れたので鎧(よろい)に深く剣を突き刺すと――ぐったりとして虚騎士（ホロウナイト）は動かなくなった。

「敵影はないな。これで殲滅（せんめつ）だ」

「おぉ……強いね……やっぱり貴族の人って凄（すご）いのね？」

「色々あってな。いや本当に……」

トールの方を見るとわずかに緊張はしているが、死の恐怖に錯乱している様子はない。

戦争を経験したのだから、死に触れたこともあるだろう。

魔導銃の威力は強力だが弾数に限りがある。奥の手として持っておいて、普段は手頃な近接武器を使うべきかもしれないが……前衛は危ない。シーラも心配するだろうし、後衛のみを任せるべきだろう。

「次の階層の階段を探そう。出来れば四階層くらいまで進んで、強い魔物を倒したい」

「りょーかい。アンリは大丈夫？　怖ければお姉ちゃんに言ってね」

「俺の方が年上だろう……」

エルフは成人になるまでは人間と同じ成長速度だ。ヒュームで言う所の二十歳くらいから老化がゆっくりとなり、長生きする人は七百年は生きるらしい。

「手でも繋（つな）いであげようかー？」

悪戯（いたずら）っぽく微笑まれる。トールなりにダンジョンでの緊張を和らげようとしてくれているのか。俺は「平気だ」と言い、出来るだけ自然に微笑みを返した。


「それでは、張り切っていこー！」

ダンジョンの三階層――トールが魔導銃を振り上げつつ気勢を上げた。

二人で通路を進むと魔物の気配。トールの眼差しが真剣なものになる。

「ばーん」

トールが魔導銃を撃ち、ゴブリンの頭蓋が弾けた。

鮮血が舞って、しばらくしてから血雨が降ってくる。むごい……。

「ばーん。ばーん」

さらに二発。魔弾の数と同じだけ命が奪われる……と思いきや、一体は悲鳴を上げながら、地面をのたうち回っていたので、小石を投擲してとどめを刺す。

「トールは今、何発まで銃を撃てるんだ？」

「うーん。成長したから威力も弾数も増えてるはずだよ。正確な数は分かんないけど」

「そうか。これからを考えて、何発撃てるかを憶えといてくれ」

「りょーかい」

二人分の幅しか無い通路をおっかなびっくり歩くと、角から魔物が姿を現す。

「戦闘準備！」

「分かった！」

魔物の一群がゆっくりと群がってくる。爆弾甲虫（ボムビートル）が十体ほど。ツルツルとした甲殻をした平べったい蟲（むし）の魔物で、腹の下にある無数の足を蠢（うごめ）かせている。

こいつには一度殺されたことがある。

攻撃すると爆発するという厄介きわまる性質を持っているのだ。

「ふふふ……任せてよね！」

トールが魔導銃を両手に構える。大地をしっかりと踏みしめて姿勢は揺るがず。頼もしくも小さい背中を後ろから見つめていると、まず魔弾が一発放たれた。

「もぎゃっ！　うそっ！」

ガインッ！　と音がして魔弾が甲殻に弾かれる。僅（わず）かに丸みを帯びた形は剣や魔弾を弾きやすい。

「……任せてよね！　いけるし、いけるからっ！」

ちょっと不安そうにするトールだ。俺なら狙いを付けて目がある場所を撃つ。当てるのは難しいが、一撃で倒すならそれしか無い。

「どりゃ――――っ！」

狙撃――と思いきや、まさかの乱射。魔力の蒼い輝きは一群に降り注ぎ、魔の進軍を押し止める。弓兵の斉射が如き弾幕――トールは恍惚とした表情であらん限りの魔弾を放っていた。

「た、楽しいー。これ楽しいよっ！　どうしようアンリっ⁉」

「前見ろ、前っ！　戦闘を楽しんでいる場合かっ！」

魔弾の一発が魔物の目を貫通した。そりゃあ、あれだけ撃てば当たるだろう。

「屈めっ！　爆発するぞっ！」

トールの頭を掴み、無理やりに屈ませる。

刹那、閃光が迸る――魔物の一体の体が膨らんだと思いきや、光とともに爆散したのだ。猛火と衝撃は他の魔物に連鎖し、爆発が爆発を生む。一網打尽だ。

「終わりか」

通路の壁は壊れていない。通常の建築ではなく魔術的な防護が成されているのだろうか。

「あ……もう、撃てない……」

満足感一杯のトールが魔導銃の引き金を引くが、うんともすんとも言わない。

「魔力切れだな」

「ごめんね……我を忘れちゃったよ」

「……確かに楽しそうだったな。ちょっと引くほどに」

人には褒められないだろうが——手に入れた力で魔物を蹂躙するのは楽しい。魔法の力であれば爽快感は跳ね上がるだろう。

「意外な一面を見てしまった」

「ね、ねえシーラには内緒にしといてね。威厳がさあ、無くなっちゃうから、ね？」

双子ならば姉妹の差は微々たるものだろう。姉としての威厳、守る者としての強さ。彼女には彼女の役割があって、それは死の恐怖を上回る力を生んでいる。

「………」

だが気づいているだろうか。餌を貰うだけのひな鳥も——いつかは巣立つ日が来る。この子は巣立ちの日を悲しむのだろうか、祝福するのだろうか。それとも翼を折るのか？

「なんで無言なの！　怖いんですけど！」

叱られてしまったので愛想笑いを返す。

懸念しても仕方がない。二人は俺の一族が始めた戦争で不幸になった。不条理な世の中で生きる為の力を与える事が、少しでも贖罪になる事を願う。

第9話　報酬会議

「ぐぇえ！」

石碑の部屋に帰ってきた瞬間、ガブリールに押し倒される。顔を執拗なほど舐められて、抵抗しようにも腕はガブリールの前足によって押さえられている。

「止めろ！　こら、ガブリール！」

窘めるとガブリールはおとなしく言うことを聞いた。だが脇の下に鼻を突っ込み、無理やりに手を上げさせようとしてくる。

これは頭を撫でて欲しいのサインだ。ガブリールの頭を仕方無しに撫でていると、トールが笑いながら声を掛けてくる。

「あはは、モテてるねえアンリ」

「これは二重の意味で舐められてるだけだ」

「そうかな？　嬉しいくせに～」

Expulsion prince of out-of-skill, infinite growth in a mysterious dungeon

内心ちょっと嬉しい。けどそれを声に出すと負けな気がする。

「それはさておき。踏破点を確認して遺物を貰おう」

「遺物！　って何だろ？　シーラは知ってる？」

「分かんない。魔導具とは違うんですか、お兄さん？」

確かに一般エルフには馴染みが薄いだろう。

「遺物とは三千年前に滅んだ古代人の遺産。驚異の技術力で造られた武具や魔導具、建造物のこと。一級から五級までに分けられていて、一級ともなると王国にも数個しかない国宝だ」

「三千年前って、そんな前のものが残っているんですね」

「そうだ。破損していない一級遺物は国家間の均衡を変えるほどの力を持っている」

二人がおおーと感心している。

王国では長兄――第一王子ヨワンも光り輝く剣を持っているし、教皇様などは竜殺しの聖槍を所有しているそうだ。

俺達も遺物の力で発展して、せめて更地からしょぼい村へランクアップしたい。もう床で雑魚寝する生活は心底嫌だ。

「詳細を見せて下さい」

《承りました》

アンリ・ルクスド・ボースハイト
恩寵度：〇七三　能力：劣化無効
三階層　累計死亡回数：〇〇三九四

トール・ルンベック
恩寵度：〇一三（一二増加）　能力：劣化無効
三階層　累計死亡回数：〇〇〇〇〇

「いい感じに上がっている」

恩寵度というのは低いうちは上がりやすいが、上に行くほどそうでも無くなる。今後のトールは弱い魔物百体を倒しても一上がるかどうかという領域になるだろう。

《踏破点が約一万点あります。何か選ばれますか？》

カーナの声はトールとシーラにも聞こえているようで、石碑と踏破点、それと報酬の関係性について説明すると、二人はふんふんと頷いた。

「千点くらい使ってしまおう」

「だいぶ残っちゃうけど貯蓄がお好きなの？」

「ちょっとな。備えとして残しておきたい」

「はーい」

エイスがまた襲ってくるならば、敵の攻め方に合わせて報酬を選ぶ。精鋭で来るか、大軍で来るか、それとも搦手(からめて)を使うか。敵の出方に適した最大戦力をぶつけるのだ。

石碑の前に三人と一匹で座り込む。二人は文字が読めないので俺がめぼしい報酬を読み上げて、気になるものを選んでもらった。

「あたしは家が気になるかなー」

「小さな家(パチエム・ドーモス)か。よしそれにしよう」

「いいの？　アンリが欲しいので良いんじゃないの？」

「俺も家が欲しいし、ベッドで寝たい。シーラはどうだ？」

「私はいいです。お姉ちゃんとお兄さんで選んでください」

シーラの控えめな返事にトールが険しい顔をする。

「だーめ。選びなさい」

姉妹の上下関係が示されたが、二人の仲が悪いという事はなく、むしろ良い。

もし俺の兄弟も王族でなければ仲良くやれたのだろうか。

「ゆっくりと考えたらいい。余裕もあるし底なし背負い袋も一つ貰うか。ある程度まで重さと体積を無視できる革袋らしい」

カーナに注文すると薄茶色の革袋が出てきた。斜めがけに背負える形で、取り敢えず手持ちのポーションなどを全て突っ込んでおく。

《小さな家は非常に重いため、運搬用に万能巨兵を推奨します》

ゴーレムは必要踏破点が一体当たり百点とお安い。有用性が高そうなので四体注文する。

「五百点くらいでシーラが欲しい物を選ぶんだ」

本音を言うと三級遺物の魔術弩砲が死ぬほど欲しかった。魔術の弩など胸が躍る。それと一級遺物の浮遊城塞も気になったが、必要踏破点が二万と破格なのでとても貰えやしない。

「あの……ちょっとだけいいですか、お兄さん」

「決まったのか？」

「いえ、ご相談があるんです。家が出来てから、お話良いですか？」

俺に相談すると聞いたトールが目に見えてムッとする。唇を尖らせて魔導銃を弄くり回し、湿った視線を俺に向けてくるのだった。

第10話 古代の錬金工房（パルパーテ・アルケミア）

古代文明と言う言葉は広く一般にも知られている。遥（はる）か昔に滅びた彼らの文明は多くの遺物を遺（のこ）し、その影響力は今になっても失われてはいない。だが彼らがエーファの民と呼ばれていた事を知るものは少ない。俺自身も昔に受けた座学で軽く聞いた位だ。

エーファの民は魔術・錬金術・鍛冶（かじ）などの全ての分野において優れており、神々にも等しい力を得たと伝承に残っている。それらが遺した遺物。物によっては一国の至宝として崇（あが）められるだろう。

「こんなのを持っていると兄上達に知られたら、王国を挙げて奪いに来そうだな……」

「肯定――速やかな隠蔽（いんぺい）を推奨」

「無茶を言うなゴレムス。ずっと地中に隠れていろと言うのか？」

「否定――ヒューム、エルフは日光が無い環境では精神的疾患を抱えやすい」

先程から俺と会話するのは遺物の一つ。万能巨兵（ウティリス・ゴーレム）のゴレムスだ。

ゴッゴッとした体は大きく、成人男性二人分の高さがある。

ゴレムスは最初、文様が刻まれた小さな四角い金属体でしか無かった。草原の地面に置くと、みるみる内に周りの土や岩を吸い取って今の形になった。

「ゴレムス、荷物を運ぶのを手伝ってくれ」

四体のゴーレムがキビキビと動く。一体目をゴレムスと呼ぶことにしたが、二体目以降は特に決めていない。見た感じ、ゴレムスがリーダーとして振る舞っているようだ。

「了承――アンリ様に追従します」

ゴレムスは文様が刻まれた金属体を持つ。あれは家の核となる部分だ。

建材としての木や石材、ガラス等もカーナから貰えたが、材料そのままではなくギュッと魔術的に濃縮された立方体の形で渡された。

「なぜあんな形なのだろうか？」

《標準化あるいは共通規格――大きさや重さ、品質の統一化の為です。不純物を除いて高度に圧縮された建材は保管と運搬において圧倒的な利点を生みます》

「船に積み込む樽（たる）の大きさを決めておくようなものか」

《ほぼその通りです。思っていたより愚かではないようで助かります》

一言多い。家の核となる金属体は生体金属と言うらしい。ゴレムスの核と同じもので、周囲の建材諸々を取り込み、自由な形に建築が可能になるとの事。設計者の名は〝ゴ・オーケンハンマー〟らしいが、聞いたことはない。

草原に通じる階段を登って外に出る。

瑞々しい草の匂いが肺に入ってきて何とも心地よい。石碑の部屋やダンジョン内にずっと居ると気が滅入る。

「ゴレムス達、あそこに核と材料を置いてくれ」

草原の上に立方体がどんどんと置かれていく。核の上に手を置いて念じると、淡い魔術の光が周囲を照らした。核は液体が弾け飛ぶように広がり、辺りの建材を飲み込み始め、元の大きさからは想像できない程に大きな建築物になった。

まさに二階建ての石造りの一軒家。見た目は王都で見たものと似たようなデザイン。少し裕福な家族が住むような家だ。

「おお凄い。大草原の一軒家って感じだな」

ゴレムスの時も驚いたが、古代人の技術力は凄すぎる。なぜこれだけの力を持った文明が滅びたというのか。

「アンリ！　中を見てきてもいい？」

トールが喜色満面で伺ってくる。俺が首肯すると駆け足で家の中に入っていった。ガブリールも続いて入って、家の中はにわかに騒がしくなる。

「家を壊さなければいいんだが」

「あはは……お姉ちゃんはああ見えて分別がありますから大丈夫です」

苦笑してシーラが答える。

「相談があるんだったな」

「はい。私に錬金工房（パルパーテ・アルケミア）を使わせてください」

三百の踏破点を必要とする遺物をシーラは所望していた。

「私は村では薬師（くすし）の見習いをしていました。簡単なポーションなら作ったことがあるので、工房があればお役に立てます！」

服の裾（すそ）を握りしめたシーラが意志の強い瞳（ひとみ）を見せる。

「無理はしなくていい。古代技術を会得するのは難しいぞ。シーラも出来る範囲で開拓に貢献するだけでいいんだ」

「違うんです……私……私……あまり得意なことが無いんです。今までずっと、何でも出来るお姉ちゃんの陰に隠れて……その」

シーラの独白が始まり、俺はそれを黙って聞く。

「お姉ちゃんは凄いんです。勇気があって優しくて――」

曰く——彼女の人生は双子の姉であるトールと常に共にあった。活発で天才肌な姉の陰に隠れた、真面目さしか取り柄のない妹。それが彼女の自己評価だ。

「村が焼かれた日……傭兵の人が矢を撃ってきて、私……怖くて——」

住んでいた村が焼かれたその時も、シーラは姉に手を引かれて逃げるだけだった。何の力も無く、ただただ嘆いて人に救いを求める自分が嫌いで、変わりたい——と彼女は涙を流しながら語る。

「そうだったか……」

彼女は姉に憧れていて、村の襲撃で多くの死を見た。

変わりたいという思いの源はそれなのだろう。

「そのための錬金術か」

「……はい。錬金術を使えるようになって、人の役に立てる自分になりたいんです」

幸いにしてこれはエーファの民が設計した錬金施設だ。素人でも錬金術師になれるかもしれない。

「だったら、今日この時から十日以内に治癒ポーションを作って欲しい。もし出来たなら錬金工房はシーラのものにするよ」

かなり酷な提案は本気を試すためでもある。

「……！　お願いします！」

シーラが深々と頭を下げる。錬金素材はダンジョンの報酬一覧にもあった。後で選んでゴレムスに運び込ませれば良いだろう。

しかし本当に礼儀正しくてよく考えている子だ。俺なんて領地にどうやってバリスタを置くかしか考えてないのに、シーラはどんな自分になりたいかを真剣に考えて、それに向かって一歩進もうとしている。

石碑の部屋に戻って錬金工房（パルパーテ・アルケミア）を選び、家と同じように建築させると、一階建ての煙突付きの工房が即座に出来上がった。

中に入るとシーラが「これは……何でしょうか」と興味深そうにフラスコやビーカーが並ぶ作業机を見ている。

木で出来た棚には各種の素材を保管するための箱が所狭しと並んでいるが、まだ中身は空っぽだ。

ここは昔に見た宮廷錬金術師の工房に似ている。もし、ポーションやスクロールが自給できるようになれば、ダンジョン報酬の在庫切れに怯（おび）えなくなるだろう。

「これは何でしょう？」

「それは……抽出機だ。この本によると素材の特性を高純度で引き出す……らしい」

棚に入った本をパラパラと読んで確かめる。

本の著者は〝ラ・クリカラ〟という古代人だ。

ラ・クリカラは大錬金術師であったらしく、本の中身もそれに準じたものであり、素材の抽出からポーションの精製までの手順が事細かに書いてある。

ちなみに、後書きにはル・カインへの悪口が数ページに渡って綴られていた。

「凄いです。村の薬師さんが使っていた設備より立派で」

シーラがフラスコの一つを手に取り眺めている。俺も錬金術の知識はないが、これが一般水準以上の代物であることは分かる。

「それじゃあこの本を渡しておくよ」

錬金術の本を手渡す。分厚い本をシーラが受け取ると、重みで少しよろめいた。

「お兄さん……」

シーラが本を胸に抱いたまま、こちらをじっと見つめる。

「ありがとうございます」

頭を下げるシーラは涙ぐんでいた。

「それと文字が読めないので……教えてくれませんか……?」

「すまない、忘れていた……俺で良ければ手助けしよう」

それにしても本に書かれている文字が知っている言語なのが気持ち悪い。古代語では無いということは〝読む人に合わせて〟言語を変えているのだろうか。

「何この建物? シーラが選んだやつなのー?」

玄関のドアを叩く音がした。

俺の返事を待たずに来訪者はドアを開けて室内に入ってくる。

「あの家凄いよ! 家具は全部揃ってるし、キッチンとかもあったよ!」

ガブリールを従えたトールがハイテンションで詰め寄ってくる。いかにあの家を気に入ったかは、その顔を見れば一目瞭然だ。

「それでね! 寝室もあるか——あれシーラ?」

トールは怪訝な顔をしてシーラを見つめる。

「もしかして泣いてたの。涙の跡があるけど? ねえ、どういうことなの?」

トールが笑顔でこちらを問い詰めてくるが、目は一切笑っていない。

「それは……その。色々あったんだよ」

シーラの思いを伝えるにはまだ早い。ここでバラすわけにはいかないので、返事も曖昧なものになる。

「へえ、色々ねえー。それはまた随分と手の早いことじゃない」

色々と勘違いをされている。領主たる俺の名誉のために、トールに詳細をぼかしながら説明をしたが、どれも言い訳と取られた。

「変なことはしないで……お願い……」

「誤解だ……」

「違うのお姉ちゃん……違うの……」

窓ガラスの向こうから覗(のぞ)くゴレムスが、目を覆うジェスチャーをしている。ガブリールも不穏な雰囲気を感じ取ったのか、尻尾(しっぽ)がやや内向きとなっていた。

夜半――シーラと一緒に本を読む。蝋燭(ろうそく)の火が薄(う)っすらと周りを照らしていた。

「お兄さん、これは何て読むんですか？」

「晶化だ。材料の温度を急激に変えて、薬効成分が無い部分を抽出する工程らしい」

「ふむふむ……」

工房にはポーションやスクロール各種を作れる環境が整っているらしいが、まずは約束である治癒ポーションの作製に取り掛かる。

前段階として本の読み込みが始まっているが、真面目なシーラらしく、俺の一言一句に真剣に聞き入ってくれている。

文字の読み書きが出来て損はない。

シーラが故郷に帰る日が来れば、それは財産になる。

「これは〝サニタルテムの香り葉〟でこっちは〝ジェミニス倍化液〟と読む。王国では流通していないから……恐らく、古代で使っていたものだろう」

素材もダンジョンの報酬から選べるが、こちらも在庫数が分からない。今の時代で採れる素材で代用出来るか調べるべきだ。

「下ごしらえの工程はいけそうですが、中盤と後半が難しそうです……」

「無理はするな。期限を延ばそうか？」

「ううう……ひ、ひとまず十日でお願いします。甘えるわけにはいかないんです……」

立派な志に感銘を受けつつ机に紙を広げる。折れ線を付けてから破き、二十五枚に分けた。

羽根ペンで一枚に一文字ずつ書く。〝聖言語〟は世界のどこでも使える共通語であり、文字の綴りと発音が同じだから憶(おぼ)えやすい。

「まずは丸暗記するといい。難しい言い回しとかは俺に聞いてくれれば――」

そう言った瞬間、ドアが控えめにノックされる。この草原でノックが出来る存在はゴーレムとトールしか居ないので、誰が来たかは自明の理だ。

「あの～、シーラ……お勉強ばっかだと疲れるでしょ？　お姉ちゃんとお話ししない？」

「今はお兄さんに文字を教えてもらってるから忙しいの」

「……手伝おうかなって。お姉ちゃんがいないと無理じゃない？」

「一人で出来るもん。また子供扱いして……そういう所が嫌なの……」

まるで雷鳴に打たれたような顔をするトール。絶望感と悲愴感を漂わせながら、口をぱくぱくと開けている。

打ち上げられた魚みたいだなと俺は呑気に観察しているが、本人にとってはかなりショックだったらしく、いつもの快活な雰囲気は鳴りを潜めている。

「はい……お邪魔しました……」

涙目のままトールは退場していった。僅かに開いたドアから吹き込む涼しげな風は、まるでトールの心情を表しているようだ。

だが俺は俺ですべきことがある。紙を広げて左上に〝一階層〟と書き、現状で分かる範囲のダンジョン地図を作ることにする。

「ここに罠(わな)。ここにも罠。罠ばっかだな、このダンジョン……」

出てくる魔物も聞いたことがない不可思議なものばかりで、変わったダンジョンだ。

地図作製の傍らでシーラに文字を教えつつ、草原の夜は更けていく……。

第11話　古代の治癒ポーション

Expulsion prince of out-of-skill, infinite growth in a mysterious dungeon

家の一階にはリビングとキッチンがあり、二階には個室が二部屋。俺・ガブリール、トールとシーラの組分けで住んでいる。

蠟燭とか火打ち石とか、生活必需品が揃っているのはありがたい。あのよく分からない立方体が家具や消耗品に変わったのだ。古代人様がいらっしゃらなければ俺達の人生は暗雲に包まれていただろう。

「よし、ガブリールが少しずつ大きくなっているぞ」

「……そうだね」

「ちゃんと見てくれ。ほら、足も太くなってる」

「………………そうだねー」

生返事を返すばかりのトールに見切りをつけ、ガブリールの体をよく調べる。

「骨も太くなってるな……」

ガブリールを鍛えるために三階層までの弱い魔物を倒す日々。恩寵度が十を超えた彼女の体軀は一回り、いや二回りは大きくなっている。

「城に居た頃みたいに大きくなろう」

「わふ」

「大狼ガブリール……いい響きだ。男の子って感じがする」

「ガウッ！」

「悪い。女の子だったな」

そういう種族なのだろうか。それとも俺の血を飲んだせいか、古代人のダンジョンが影響しているのか——分からないがマナを取り込むほどに彼女は大きくなる。

水生みの筒を傾けて木皿に水をなみなみと注ぐ。待ってましたとばかりにガブリールが舌を伸ばし、ちゃかちゃか言わせながら水を飲んでいた。

無限に水を生み出す遺物を貰ったというのにトールは上の空だ。口を馬鹿みたいに開けて窓越しの四角い空を眺めている。

「水量はちょろちょろくらいだな」

形状は金属製の小瓶で容量はさほど大きくない。空っぽになっても傾ければ水がゆっくりと出る。時間あたりに大瓶に溜まる量を計算すると——恐らくだが一日で五百人分の水を賄えるだろう。いい貰い物をしたと自分を褒めてやりたい。

「シーラ……大丈夫かなあ……」

シーラが錬金工房に籠もってより十日目。約束の日だ。

「……うぅ……シーラぁ……」

リビングの椅子に座ったトールが、骨付きの獣肉を弄びながら悲しげに呟いている。

その証拠に昼飯時だというのにシーラは家に帰っても来ない。たまにトールが食事を持っていっているが、会話はあまり出来ていない様子である。

シーラが治癒ポーション作製のために籠もりっきりになったせいで、姉妹間の触れ合いが欠乏していると言っていた。

「そんなに気落ちするな。シーラも忙しいから相手出来ないだけだ」

我ながら適当な励ましだ。

だが円滑な家族関係とは希薄な俺に何の助言が出来るだろうか。

「グス……ううぅぅぅ……」

トールは目に涙を溜めながら獣肉にかぶり付く。

少し滑稽な姿に笑いそうになるが、太ももの肉を抓って我慢する。

「あたしを頼ってくれていいのに。ポーションを作るなら二人で協力した方が早いだろうし……」

「今回だけはシーラ一人でやり遂げた方が良いと思うぞ」

シーラは人の役に立てる自分になりたいと言っていた。ここでトールが手伝えば努力は水泡に帰する。たとえ成功したとしてもだ。

「その二人だけで通じ合ってる感じも嫌なのおおお！　なんであたしだけ何も知らないのよぉおおおー！」

言い終わるやトールは机に突っ伏してしまった。会話を聞いているガブリールも不安げにしているから、早く機嫌を直して欲しい。

「どうしたものかな？」

床に伏したガブリールの前足を上げたり下げたりして遊ぶ。ひとしきり遊ぶと寝転がって腹を見せたので、全力をもって撫で回した。

そんな時間を過ごしていると家のドアを強く叩く音がした。

こんな所に来客があるわけもないので、恐らくはシーラだろう。だがお淑やかな彼女にしては強いノック音だ。

「シーラなの！」

トールがガバリと起き上がって部屋の入り口を見る。振り返って俺も見ようとすると、そこにはぐったりとした様子のシーラが立っていた。手にはポーションを持っている。

「私、気づいたんです……錬金術の秘奥とは魔術世界との接続——すなわち大気に溢れるマナを自在に操ることが全てなんです」

「ねえ、シーラ大丈夫？　なんかちょっと怖いけど……」

トールが最愛の妹を心配して呼びかける。シーラの目は虚ろで体はフラフラと左右に揺れており、さながら幽鬼のようだ。

「今までの錬金術ではあくまで素材に含まれるマナを高濃度で抽出して薬効を高めることを目的としていたんです。けどエーファの民——ラ・クリカラ様の錬金術は素材を只の素材として使わず、触媒として使われたんですよ！　触媒は大気のマナを効率的に集めることにより、ポーションの薬効を信じられないほど高めます!!　お兄さんは分かりますか!?　この素晴らしさが!?」

「ぐえぇ！」

興奮したシーラにポーションの瓶を押し付けられる。顔に当たるガラス瓶が俺の頬を歪ませ、情けない声しか出せない。

部屋に入ってきたシーラの様子は常軌を逸している。普段はお淑やかで姉の後ろをおっかなびっくり付いてくるようなシーラが、今ではポーションの瓶に頬ずりして恍惚としているのだ。

心配したトールが駆け寄って何やら話しかけている。体の具合を聞いたり、額同士をくっつけて熱が無いか確かめたりと。

「だいじょうぶだよ、おねえちゃん」

シーラはポーションを机に置いたかと思うと、そのままトールの胸の中に倒れ込んだ。

意識を失った……のではなく、疲労により眠ってしまったようだ。細い寝息を立てながら安らかな顔をしている。

「……シーラ、お疲れ様」

トールはシーラの背中を撫でながら労う。

「部屋まで連れて行こうか。ろくに寝てないだろうからな」

シーラを背負い部屋まで運ぶ。背中に感じる体重は思っていたよりも軽かった。

シーラを寝かせたのち、ポーションの効能を試すために外に出る。

そこには八本足の魔物――小型のバジリスクの死体がある。石化させられては敵わないので遠くから投石で倒したものだ。

　こいつは意外にも肉があっさりとしていて美味しい。肉を取った後は素材として使えるかもと思い、庭先に放置してあった。まだ腐るほどの時間も経っていないので実験体としては良いだろう。

「よし、こいつでポーションの効能を試そう。普通の治癒ポーションなら何時間もかけて傷が少し治るほどだが、これはどうだろうな？」

「シーラがあれだけ頑張ってたんだから大丈夫だよ」

　トールが胸を張って答える。

　ポーションの蓋を開けてバジリスクの死体にゆっくりと掛ける。するとポーションで濡れた所からすぐさま傷が塞がっていき、すぐにバジリスクは生前の形を取り戻した。

　流石に生き返ったりはしないが、驚くべき薬効だ。エーファの民と王国の技術力の差をまざまざと見せつけられた気分である。

「やったあ！　ねえアンリ！　これって成功だよね⁉」

　トールが喜びのままに背中に飛びついてきた。流石に一般的エルフであるトールにはこの凄さが分からないのだろう。妹が偉業を成したから喜んでいるのではなく、妹の努力が報われた事そのものを喜んでいるのだろうか。

「いや……凄いなんてものじゃない。市場に出回れば錬金術ギルドが黙ってないな……」

「そうなの？　じゃあ売れないのかな」

一転してトールが沈んだ表情になる。この新技術を知られれば錬金術ギルドのみならず、都市の商会連中も黙っていない。

市場を荒らす厄介者を排除するか、もしくはこの技術を独占しようとあくどい手を使われる。最悪、シーラが誘拐されてポーション奴隷にされてしまう恐れすらあるだろう。

「いや売る先ならまだあるな」

この草原から西方では獣人や亜人が氏族単位で集落を成している。群雄割拠の情勢であり面倒な法なども無いので、どこか一つの氏族と話がつけば販売経路が出来る。

彼らは無骨な者が多く、ヒュームの様に非道な手段を使う者は少ない――筈だ。ヒュームって本当に汚い。滅びろ。

そこにポーションを納めて対価を貰う。金銭は恐らく使われていないので、物々交換になるだろうがそれでも良い。我々には金どころか物資すら無いのだ。

それに踏破点で手に入る有限な資源を無駄遣いしたくはない。技術や建築物はダンジョン報酬に頼ることがあっても、食料や生活物資などは独自に調達する方が賢明だろう。

「西に行ってどこかの氏族と取引をしようか。ポーションは何本くらいあるかな」

「何本っていうか……あれを見てみてよ」

錬金工房(パルパーテ・アルケミア)のガラス越しに三つほどの大箱がある。開いた蓋からは緩衝材に包まれたポーションがぎっしりと詰まっているのが見えて、軽く百本はありそうだ。

「おお、これは何とも……」

ここまで頑張れと誰が言った。いや俺が言ったようなものか。

「これだけの効能があるのなら薄めて使っても大丈夫だな。よし明日には売りに行ってくる。家にはゴレムス達とガブリールが居るし、留守番は任せるぞ」

「あたしも行きたい。シーラの作ったポーションを使う人達を見たいし、アンリ一人だと危ないでしょ」

「それなら皆で行こう。留守番にゴーレム一体だけ残していくか」

俺の言葉にトールが嬉(うれ)しそうに頷(うなず)いた。

「シーラの体調が心配だから、数日は様子を見よう」

「気遣ってくれてありがとね。あんまり体が強い子じゃないから」

「……無茶をさせてしまったのは俺だから」

「ううん、ありがと。命を救ってくれたことも……本当に感謝してる」

「そうか……けど」

「けど？」

「いや、なんでも無い」

俺はボースハイトなんだ、とは言えない。拒絶される事が死よりも恐ろしい。

「準備だけ進めておく。トールも休んでおいてくれ」

「りょーかい」

この草原に来てから初めての遠出だ。携帯食料や水の準備をしておこう。

シーラの努力に報いねば。半ば押し付けた努力だけど。

第12話　食卓

「もう少し待っててくださいねー」

シーラがキッチンに立ち、鉄鍋（てつなべ）をお玉でかき混ぜている。鼻腔（びこう）にスープの匂いが届いて、食欲が湧いてくる。ガブリールも待ちきれないのか、爪がフローリングに当たる音が小気味よく響いている。

「んで……二人して錬金工房（バルバーテ・アルケミア）に籠（こ）もってたけどさ、何をしてたの？」

トールが唇を尖（とが）らせて問い詰めてくる。

「文字を教えていただけだって。あの子は真面目だからすぐに覚えられた」

「変なことは……してないよね……？」

「するわけ無いだろ……俺を何だと思っているんだ……」

「シーラは可愛いしさー。不安なのよ」

同じ顔をした妹に向かって〝可愛い〟と言うのはどうなのだろうか。「あたしも同じくらい可愛いのよ！」という自己愛表現になるのでは？

「可愛いってのは性格とね、儚げで可愛い雰囲気とか。そこらだからね？」

「はは……」

心を読まれてしまった。ずばっと言われてしまって冷や汗が背中に滲む。

「お待たせしました」

鉄鍋が机の上に置かれ、シーラがテキパキと配膳を始める。

「わうふ」

「はーい。ちょっと待ってね。よそいますから。アツアツだから冷ましてね」

ガブリール用の木椀にもスープが注がれた。

「熱いから冷めてから飲むんだぞ」

「キャインっ！」

尻尾を丸めるガブリールは舌を火傷していた。

「熱いって言っただろ！　……大丈夫か？」

ポーションを一滴舌に垂らして治癒させると、ガブリールはスープを見つめて唸り、俺の椅子の下に潜り込んで、不貞腐れてしまった。

シーラがガブリールの頭を一撫でしてから、口を開く。

「あの……お兄さんって貴族様なんですよね？」

「……そうだ」

「平民が作ったスープなんて嫌……ですよね？　無理しないでくださいね」

スプーンをもう摑んでいるというのに、お預けは辛い。

「無理も何も美味そうじゃないか」

「ホントですかぁ……？」

意外にも疑り深い。スープの中には何かの肉と救世棒三型を潰して水で練った団子が浮かんでいる。美味そうだ。

「俺は特殊な貴族だから……子供の頃からあまり贅沢はしていない」

「そ、そうだったんですか」

「という訳で、主に感謝しつつ頂きます」

「はい。御神イールヴァ・カティエル様。我らの守護神ラロウズ・アルクリティウス様。恵みに感謝致します」

トールとシーラが手を合わせて主神とエルフの守護神に祈った。俺もイールヴァ某の信徒ではあるが、大して思い入れは無いので祈らずにスープを一口飲む。

「うまい」

王宮では毒殺に怯えて食事をしていた。五歳までは別邸で母と食卓を囲んでいたが、母が殺されたあの日から、兄弟達と同じ場で、同じものを食べる機会が増えた。

「……うまい」

味がする。それだけで……耐え難いほどに嬉しい。

侮蔑に満ちた視線。食事の後はどんな酷いことをされるかと怯えた日々。どんな美食であろうとも味などしなかった。一秒でも早く食べ終わりたかったが、作法を守らないと兄達に付け入る隙を与えてしまう。

「あ、神様へのお祈りはきちんとしないとダメですよ！　めっ！」

「ごめん」

「もー、バチが当たっちゃいます」

神が居るなら、なぜ俺の一族を雷火で焼き尽くさないのか。

奪うべきで無い者が奪われるなら、神など本当は……居ないのでは無いだろうか？

「根菜や葉野菜があるともっと美味くなりそうだ。西方に行ったら交渉してみようか」

「わあ、嬉しい。エルフ流のスープがご馳走できそうです」

このスープは家庭の味と言うのだろうか。質素で素朴だが……温かい。

毒に怯えなくていい食事。喉が狭くなったと錯覚する心地悪さも、背中に汗を滲ませる焦燥感も無い。食事は舌ではなく、心でするものなのだと再認識させられた。

「むっ……！　お母さんの味に近づいてるね」

目の前のトールとシーラは楽しげに会話を交わしている。

「味薄くない？」

「丁度いい感じ。いやー、腕を上げたわね」

力仕事をした後なら薄いだろうが、休みの日ならコレぐらいが良い。

「お姉ちゃんも料理のお勉強しない？」

「い、いや～……人差し指が無いと銃が撃てないでしょ」

「怪我前提で話さないでよ。簡単だから……ね？　治癒ポーションもあるし」

「治す前提じゃない！　ナイフこわい！　昔怪我したもん！」

「お姉ちゃんは、へちょいね」

「……シーラってたまに辛辣よね……お姉ちゃん泣きそう……」

トールがスープをずずずと飲んだ。

「ガブリール、スープ冷めたんじゃないか？」

「わうっふ」

椅子の下からズリズリと匍匐前進して、ガブリールが腹ばいでスープを飲み始める。

器用に舌を伸ばして、ちゃっちゃと音をさせながら満足そうにしていた。

「可愛いですねえ」

「可愛いじゃない」

ガブリールは褒められたのが嬉しいらしく、人がそうするように目を細めた。

「お兄さん、おかわりは要りませんか？」

「おお、貰うよ。ありがとう」

木椀を右手で差し出すと、俺とシーラの指先が重なる。

彼女は頬を赤くして……とまではいかないが、照れていた。多分。

「……ご、ごめんなさい！　あぁ……はしたない……」

「すまない。嫁入り前の娘に」

悪いことをしたと思うや、つま先にコツンと感触がする。トールが訝しげな顔をして、いつものように唇を尖らせていた。

「そーいうの禁止！　アンリも王子様みたいなんだから注意して！　女の子を誑かすのは感心しないの！」

「あ、ああ」

ドキリとした。一瞬、正体を看破されたのかと思った。それにしても王子様みたいとは褒め言葉なのだろうか。

「俺は王国一の醜男（キングダム・ダーティー）。王子だなんて、とんでもない」

「そうかしら？」

「見ろ、父譲りの呪われし三白眼を。うちの一族は皆邪悪な目つきをしている」

「反抗期なのね。じゃあお母さんに似たんじゃないの？　目つき以外」

「ならば……俺は大陸一の美男子（ビューティー）だ」

常から目隠しをしておくべきだろうか。鏡を見る度に父王の顔がチラついて腹が立つ。

「面白いわね」

「人の顔を面白いで片付けないでくれ」

シーラがニコニコとしながらスープのおかわりをくれる。自分の分を食べ終わったガブリールが後ろ足立ちになり、俺の膝上（ひざうえ）に腹を乗せてきた。

スープを飲み、合間に毛皮を撫（な）でると、猫のように喉を鳴らす音が聞こえた。

窓越しにゴレムスが見える。警備をしているらしいが、窓を開けて立ち止まらせた。

「ゴレムス、明日から外出する。十日は見ておいてくれ」

「了承」

「錬金術の器具や貴重品は石碑の部屋に移動させて、終われば階段ごと埋めてくれ」

「諒解（りょうかい）――秘匿目的と推定。警備に残す一体を岩に擬態させる事を強く推奨」

「話が早い。その通りにしてくれ」

ゴレムスがグッと親指を立てる。意味不明だが俺も同じジェスチャーを返した。

リビングに戻るとシーラが後片付けを始めていた。空になった俺の木椀を洗い場に持っていき、水生み（インフィニトム）の筒で水洗いを始める。

「あっ、お兄さんは座っていてくださいね」

「手伝おうか？」

「私のお仕事なので大丈夫ですよ。ゆっくり休んでください」

後ろ姿がなぜか気になる。木椀同士が当たる音や鉄鍋をこする音が心地よいのは、きっと母上と別邸で過ごした日々を思い出させるからだ。

「姉の目の前で……妹の後ろ姿を見るのは楽しい？」

「興味深い」

「……我が妹ながら可愛い後ろ姿ね。見てるだけでスープが美味（おい）しくなるわ」

「何杯目だ、それ？」

「三杯目。もう……お腹がちゃぽんちゃぽんよ」

「シーラに謝って残したらどうだ」

「いつかシーラがお嫁に行ったら飲めなくなるし、今のうちに飲み溜めしてるの」

バカじゃないかと思う。

だが哲学者か歴史家か忘れたが〝人生は無駄とバカさ加減を楽しむために、あらゆる労苦を払う盤上遊びである〟と言っていた。

「ねえ、楽しい？」

また同じ質問。俺は少女の尻を見てゲヘへと笑う趣味は無い。首を傾げてしまう。

「いきなりどうしたんだ。楽しいと……思うが」

「たまにね、アンリが辛そうな顔してるからさ。悩み事でもあるのかなって思って」

「…………」

「やっぱり田舎の開拓を任されたのが重荷なの？」

「……そうだな」

嘘を一つ。

やはり駄目だ。ガブリール然り、二人然り、話せば話すほどに情が湧いてくる。

だが俺達はいずれ別の道を往く者達。寿命も国も、種族や家柄……全てが違う。十年先か、百年先か——それとも季節が一巡りする前かは分からないが、二人は自分の国に帰るだろう。

ガブリールもいずれ狼の群れに入り、子を生したいと思うかもしれない。

この小さな家の風景も——いつかは失われる。

皆は本物の家族と過ごすべきなのだ。それが一番自然で……幸せだろう。

「あたしもさ、もっと強くなって……足手まといにならないようになるし」

「死なない程度にな」

「うん。明日からも頑張る。よろしくね」

「こちらこそ……よろしく、頼む」

いつか彼女達は俺を見て唾を吐く。よくも人生を奪った、お前の一族のせいで不幸になったと。世に溢れる悪果の全てはボースハイトのせいだと——当然の非難をする権利を二人は有している。

だけど、俺がボースハイトだと明かす日までは一緒に居て欲しい。

とても怠惰で臆病で……罪深い事だが。

第13話　春、カセヤエ

底なし背負い袋（アビス・サックス）に手に入れたものを片っ端から突っ込み、皆で西へ西へと進めば獣人の村にたどり着いた。

先っぽを削った丸太の防壁で囲われた村はさながら要塞（ようさい）だ。物見櫓（やぐら）からこちらを見つめる獣人の眼光は鋭く、弓を油断なく持っている。さすがに矢は番（つが）えていないが。

「自分は東方で領主をしているものです。氏族長殿にお目通り願えませんか？」

俺の予想ではすんなりと村に入れてくれるはずだったのに、人生そう甘くは無かった。

「駄目だヒュームは信用できない。村に入れることは出来ん」

そう強く言う門番の手足は獣のような銀の被毛に覆われており、爪も鋭い。顔はヒュームと変わりなく、立派な銀髪。しかし耳が違う。狼のような立派な耳が雄々しく立っているのだが、触らせては貰（もら）えないだろうか。いや怒られるか。

「獣人さんお願いします。村に入れて下さい」

シーラが目に涙を溜めながら頭を下げる。可憐な少女が頼むのなら多少は効果があるかもしれない。良いぞもっとやれ。

「…………駄目だ。長に怒られてしまう……！」

惜しい所で駄目だった。もし俺が麗しき少女であったなら、シーラとの連係攻撃でこの男の心と、村の門を開けさせせられたかもしれない。

「駄目ですか？　ポーションもあるのですけど」

「ポーションか。むう……本当か怪しいものだ」

それからも門番と押し問答を繰り返すが上手くいかない。

話す中で感じたのはやはり獣人とヒュームの違いだ。彼らは氏族の誇りを第一としているようで、長と呼ばれる人物への忠誠も深い。

「それにしても……す、凄い石人形だな。立派だ……」

俺が悩んでいると、門番はゴーレムを見て冷や汗を流していた。

「オイオイオイ、何だあ何だあ、ヒューム風情が何の用だあ⁉」

騒ぎを聞きつけたのだろうか、物見櫓から若い獣人が声をかけてきた。

「おめえみてーな弱くて小さいヒュームが村に入れるもんかよ。さっさと帰りな！」

「フェイン、調子に乗るとまた長に殴られるぞ」

「うるせいやい。俺様に指図するんじゃあねえー！」

門番と言い合う彼はフェインと言うらしい。

筋肉と知性を兼ね備える御仁は少ない。少なくとも前者はあるように思えるが……この男を利用して村に入れないだろうか。

「近隣の氏族と争いは絶えないでしょう。ポーションがあれば怪我をしても安心ですよ」

「馬鹿にするんじゃねえ。長は無駄な争いをしねえし、かっこ悪い傷も負わねえ！」

「素晴らしい長をお持ちのようだ。羨ましい限りです」

「へ、へへ……そうかよ」

村を囲う丸太には傷跡が多い。氏族間の抗争だったら矢や火の跡が残るはずだが、獣や魔物らしき爪痕が目立った。

「長や貴方は優れているようですが、まだ経験の浅い兵もいるのでは？」

「そうだなあ……弱っちいやつはいるぜ」

「狩りでの負傷や有事に備えるべく、その人の為にポーションを用意するのです。フェイン殿が長に進言すれば覚えも良くなるでしょう」

「うーん。効果はあるのかよ？　てか、現物見せろや」

仕方がないので腕を剣で薄く斬る。傷跡を皆に見せつけ、腕に力を入れれば赤黒い血がぽたぽたと草の上に落ちた。

ポーションを一瓶取り出し、薄く腕に掛けると、たちまちに傷が塞がる。

「おお！　こりゃあ凄えな！」

フェインが感嘆の声を漏らしていた。門番も興味深いのか顎を触りながら頷いている。

「ポーションを俺様に寄越せ！　長に捧げるのだ！」

その返しは予想してなかった！　蛮族みたいな交渉術に恐れ入るしかない。

「友好の証として差し上げたいが、我々にも生活がある。ご寛恕願いたい」

「はお～ん!?　じゃあ力比べで勝負だ。勝てば長に会わせてやる。負ければポーションをよこせい。ぐはは！」

最初に無茶な条件をつけるのは交渉術の一種だ。

多分この男はそんな事は考えてないだろうが。

「ガハハハハ!!　カセヤエだ!!　カセヤエをするぞ!!　女達の前で俺様の勇姿を見せつけてやろう!!」

フェインが高らかに笑った。天を貫き通すような大声だ。

それにカセヤエとは何だろうか？　話から察するにこの氏族の儀式だと思うが。

「俺様の家でカセヤエの準備をするぞ！　まさか逃げるとは言うまいな！」

「逃げるものか。俺は絶対にカセヤエで負けたりしない！」

フェインが物見櫓から跳躍し、ドスンと轟音を立てつつ俺の前に降り立つ。そして門を開けるように門番に目配せをした。

「吠えるかヒューム。貴様に敗北の味を教えてやろう!!」

「まけるものか。おれは、まけない！」

よく分からんが村に入れるらしい。その場の空気に合わせて吠えたのだが、トールとシーラが若干引いている。皆のために頑張っているのに酷い……。

「ぐふふ、どう料理してくれようか」

開いた門から中に入るフェインに付いていく。恥はかいたが村に入れそうなので、これはこれで良しとしよう。

「ちょっと待ったあ！　石人形は村の外で待たせといてくれ！」

「そうでしたね。失礼しました」

門番が急いで止めてくるので、従ってゴーレム三体を待機させる。

丸太の防壁に囲まれた村の中には、数十の簡素な木組みの家があり、羊や山羊も見受けられた。狩猟と牧畜で生計を立てているのだろうか。

武装は槍と弓のみ、刺繍が施された服を着ているので文化水準は高い。〝獣人は皆、蛮族だ〟と王宮で誰かが言っていたが、嘘ではないか。

「さあ入れヒューム。広く素晴らしい我が家へ」

穏やかな村の様子を観察しつつ、フェインと一緒に家の中に入る。

他の皆は家の前で待ってもらっている。何かあれば大声を出すように言っているので、トラブルがあれば腕力に物を言わせて脱出しよう。

「ヒュームよ。お前に付いてきているエルフだが——あれは何だ？」

「俺の領地に住んでいる者だ。色々と仕事をして貰っている」

フェインは頷きながら何やら考え込んだ後、意を決したように喋り始める。

「領地。お前は村長なのか？　それならやっぱりあの二人は妻なのか⁉　羨ましい。どうやって手に入れた⁉」

「違う！」

自分が思っているより大きい声が出た。

「……照れるなヒュームよ。俺様もあのエルフに負けない美しい妻を娶るのだ。そう、皆が見ている前で貴様を打ち負かしてな‼」

鋭い爪がこちらに向けられた。ため息をつきたくなるがぐっと堪える。

「それではカセヤエの準備をしようか」

フェインはそう言うや服を脱ぎ始めた。しゅるり——と聞きたくもない衣擦れ音。模様が刺繍された丈の長い上着が床に落ちる。今はかろうじて肌着をまとっているので一線は越えていないが、これ以上脱がれると非常に不味い。

「どうした？　貴様も脱げ」

わあ立派な筋肉。獣人って腹とか胸には被毛が無いんだね。どうでも良いけど。

「ちょちょ、ちょっと待て!?　何で脱ぐんだ!?」

「何を言っているんだ……ごてごてと服を着たままカセヤエが出来るわけ無いだろう」

最後の防衛網である肌着がハラリと床に落ちる。

「うわっ！　世界一汚いっ！」

「俺様の肉体美にケチを付けるな！」

こんな事ならカセヤエが何なのか聞いておくべきだった。

狭い部屋。男同士。全裸。これから何が行われるか恐怖で鳥肌が立つ。大声を出して助けを呼ぶべきか？　それともフェインの意識を奪って逃げるべきか？

「だああ、まどろっこしい！　さっさと脱がんかぁあああああああっっ!!」

考えているとフェインが俺のシャツに手を掛けて脱がそうとしてくる。

「止めろっ！　自分で脱ぐから脱がさないで！」

情けない声で懇願する。

脱がされるくらいなら自分で脱ぐ方がマシだ。もうどうにでもなれ。

村の真ん中でフェインとカセヤエをしている。周りには村人全員が集まり見物に勤しんでいるが、長らしき人物は見えない。

「どうだヒューム。貴様ごときがこの〝向こう見ずのフェイン〟に敵うと思うな！　俺様が上で、貴様が下だ！」

裸に腰布だけをまとったフェインが俺に抱きつき、力の限り押し倒そうとしてくる。

「くそ――〝向こう見ず〟って二つ名は馬鹿にされてないか？」

耳元に荒い呼吸が当たり、興奮が質量を伴って伝わってくるような錯覚を覚える。気持ち悪い……誰か、助けてくれ……。

「グハハハ！　力で弱者をひれ伏させる！　これに勝る喜びはぬわぁーい！」

「こいつ聞いてねえ‼」

フェインから滴る汗が顔に当たって二倍気持ち悪い。背が高いので重力に従って汗やら唾やらが飛んできて、容赦なく俺を攻め立てる。

人の話を聞かないから嫁も出来ないのだろう。威勢の割りに力は大したことがないので、やろうと思えば簡単に抜け出せる。

だが一応苦戦するふりをしておかないと、後々面倒くさそうなので、ほどほどの力で抵抗しておく。

カセヤエ――それは漢(おとこ)による魂のぶつかり合い。銀爪氏族(シルバークロウ)の祖霊に捧げるための伝統行事らしい。男同士が腰布一枚で取っ組み合い、先に相手の膝(ひざ)や頭を地面に着けた方が勝ちとなる。要するに無手での戦闘訓練のようなものだ。

これは全裸になった後で教えられた。先に教えろこの鶏脳みそが。

「アンリ――！　がんばって――！　ぶちかませ――――!!」

「お、お兄さ――ん！　頑張ってくださーぃ……」

トールとシーラが声援を飛ばす。

「グウウウウ！　妻二人から黄色い声援を貰(もら)うなど――許せん!!　滅びろ!!」

フェインが激高のままに俺を押し倒そうとする。

「があああ！　なぜ倒れん！　なぜだあ！」

喉(のど)が潰(つぶ)れそうなくらい叫んでいる。鼓膜が破けそうだ。

「ならば、禁じられた技を使うほかないなあ！　喰(く)らえヒューームよ!!」

言うやフェインは俺の大切な腰布を両手で掴(つか)み、そして力の限り引き裂いた。

とっさに手で払ったが、腰布がかなり破れてしまった。かなり焦る。俺は衆目に汚い体を晒(さら)して喜ぶ趣味は無いのだ。

「グッヘアヘアガハアアアエ!!　腰布が取れれば祖霊への侮辱となり貴様の負けだあああ
あ!!」

片手で腰布を押さえつつフェインと距離を取る。もし手を離せば大惨事となり、俺の儚(はかな)い名誉が無残にも砕け散るだろう。

「マジでやばいよアンリ――っ!!　早く倒して――っ!!」

トールが叫び、シーラは両手で顔を覆っていた。俺も覆うものが欲しい。切実に。

「片手で何が出来るかヒュームよおおお!!　おりゃあああああ!!」

フェインがなりふり構わず突進してくる。その体格で俺を吹き飛ばして、地に伏せさせるつもりだろう。

「俺様の嫁のために死ねえええええ!!」

フェインと衝突する寸前である。突進を避けず、あえてフェインの胸元で屈(かが)む。そして顎下に片手で掌底を入れた。

「ぐわぁあああああああああ!!」

　フェインは上空に飛び、そして数秒してから背中から地面に落ちた。頭が地面についているので俺の勝ちだ。

「おー！　フェインのアホが負けたぞ。やるねえ、あのヒューム」

　周りの獣人が喝采をあげる。身内がやられたというのに何だか楽しそうだ。恐らくフェインは人望というものを持ち合わせていない。

「何事か。騒々しい」

　誰かが来た。

「ヒューム……ですか……」

　背中まで届く白銀の髪が印象的な、装飾された大弓と槍を持つ立派な戦士だ。威風堂々とした立ち振る舞いからすると、彼が長なのだろうか。

　年は二十代前半くらい。かなり若々しく、切れ長の目で彼はこちらを見てくる。

「おさぁあっ――!!　ヒュームが嫌がらせしてくるんです！　俺様は止めてって言ったのに……暴力振るってくるんですぜ!!」

　何という掌返しか。いっそ清々しいくらいだった。

「お前の言は信用できません。またぞろ喧嘩を売ったのでしょうが……負けたのですか？」

「負けてねえもん！　大地が恋しくて頰ずりしてるだけでさあっ――!!」

「ならばそのまま地を舐めるが良いでしょう。猛省しなさい」

「ひでえよ長！　俺様を大事に扱って！　夏の初恋みたいに大切にしてくれよ！」

フェインが駄々っ子のように手足をばたつかせた。見苦しさの極みである。

「もしかしてシリウス殿でしょうか？」

「おや、ご存じでしたか」

噂に聞く彼の二つ名は〝白銀のシリウス〟だ。槍と弓の名手で、王国でも名を知られた獣人である。

「光栄の極み。貴方様の名をお聞きしても？」

「ここより東方で領主を務めるアンリと申します。本日はご挨拶に参りました」

アンリという名を聞いてもシリウスは動じてなかった。ヒュームの王家事情に詳しくない可能性が高い。俺の領地のせいで種族間交流がしづらいのも起因してそうだが。

「……不躾ですが本題は？　ヒュームの貴族が只の氏族長に会いに来るのは珍しいかと」

「腹芸は苦手なので本音を申し上げます」

シリウスが顎に手を当てて思案顔をしている。

「俺様を放置しないでくれよ、おさぁ――!!　カタキを取ってくれい!!」

……思案顔に怒りが混じり始める。客人の前で無体はしないだろうが。

「ポーションを対価に交易したく思います」

「それは重畳。商談は我が家でしましょう。宜しいですかな？」

「お願いしたい」

シリウスの先導に従って村の中を歩く。

まずはシリウス宅の別室に通されたので、破れた腰布を脱ぎ、元の服を着る。

その後に香の匂いがする部屋に入り、大熊の毛皮で出来た敷物に皆で座って暫し待つ。

すると人数分の茶を持ってきたシリウスが前に座った。

「交易レートを決めたいのですが、まずは薬効が如何ほどかを見せて頂きたい。祖霊に誓い、正当な対価をお支払い致します。硬貨や毛皮、塩あたりとなりますが、ご希望はありますかな？」

「その中では塩ですね。薪などの生活必需品などはありますか？」

「手間賃を頂ければ、交易可能な他氏族とツテを付けましょう」

「ありがたい。では治癒ポーションの効果をお見せしましょう」

ゆっくりと鞘走りさせつつ、剣身を半ばまで抜くと――シリウスが制止してくる。

「御身を大事になされよ。実は……怪我人が居まして」

シリウスが手をパンと叩くと、介添え人に肩を担がれた怪我人が入ってきた。若い男だが――片足が根本から無くなっていて、左目部分の皮膚に大きな傷跡がある。

「とある事情で怪我をしておりまして……この男をお願いできますかな？　夜ごと痛むようで、傷の痛みを和らげるだけでも十分なのですが」

とある事情とは言うが――尋常な傷ではない。戦争、狩り、事故……理由は不明だが、あえて伏せるということは、俺に知られたくないという事。

他の集落と戦争でもして、氏族自体が弱体化しているのだろうか？

「すいません、長……」

「黙っていなさい。ゆっくりと床に横たえて、そう……そうです」

関節が痛むのか……荒い息を吐いた。

シーラの治癒ポーションなら完璧（かんぺき）に治せる。

俺の手元には二種類のポーションがあるのだ。一つは完全なモノ。もう一つは薬効を抑えるために薄めたモノ。情報の秘匿を考えれば後者を与えるべきだ。

「お兄さん……」

シーラが俺のシャツを後ろから引っ張って耳打ちしてくる。

（お考えは知ってますけど……治してあげちゃ駄目ですか？　可哀想です）

（……恩を売っておくか。この人達が何かしてきたら領地まで逃げればいいしな。追いか

けては来られないだろう）

（ありがとうございます。やっぱり……お兄さんは優しいですね……）

（違う。これは打算的な考え。それにシーラが作ったんだから、使い道を決める権利はシーラにある）

（ふふふ……）

シーラが口元を手で押さえて上品に笑った。俺達を見た向かいのシリウスが「ふむ……」と言いながら何度か頷くが……この距離でこの声量。当のシリウスも怪我人と言葉を交わしていたから、聞こえる訳が無い。

「それでは治療します」

シリウスから見えない角度で底なし背負い袋から治癒ポーションを抜き出し、重傷者の口にあてがって飲ませる。傷がたちどころに塞がり、失われた足が光輝と共に復活する。

「何という薬効……高名な薬師が作られた一級品ですか。対価となるものが我々に有るか怪しいものですが……他にも四名程重傷者がおりまして、お願いできますか？」

「遠方から仕入れたものです。それと今回は初取引ということで色をお付けします。今後も友好関係が結べれば、これに勝る喜びはありません」

「感謝致します！」

シリウスが両拳を床につけて頭を下げた。知らない作法——俺も倣って同じ所作を返す。

対価——もし領地で冬を越すのならば薪以外にも干した肉や果物が欲しい所だ。シーラ用に錬金術の素材があればなお良いし、余裕があれば二人の替えの服も買いたい。

「交易品の移送はゴーレムにさせますか」

「ゴーレム……石人形ですか、あれが道を憶えられるのですか？」

「可能ですよ。そこそこ強い魔物でも彼らならば対処出来ます」

「魔導工学に錬金術、やはりヒューム、いやアンリ殿の領内では技術が進んでいるのですね。我が身の不明を恥じるばかりです」

「いえ、魔物が出る土地で領民を養うシリウス殿には敵いません。皆、健やかに過ごされておりました」

「嬉しいことを言って下さる。ええ、今宵はぜひ我が家に泊まって頂きたい。それまでお暇でしょうが、どうされますか」

「村の様子を見ても？」

「ご随意に」

シリウスが握手を求めてくるので、右手を差し出す。

「ここ一帯の獣人は契約の証明に握手を交わします。氏族長同士が全力で手を握り合い、力と友誼を示すのですが……ヒュームには野蛮でしょうか」

「なるほど、興味深い文化です」

四割程度の力を込めると、シリウスの目つきが変わる。

「…………おや」

獣人の英雄の全力だろうか――被毛に覆われた大きな手が、万力が如き大力を発揮している。前の俺ならば全ての骨が折れ、手は愉快なオブジェへと変容した筈だ。逆さにした蛸みたいな。

「大精霊と契約でもしましたか……？」

「偉大な吸血鬼と言葉を交わした事はありますね」

「ぐっ……意味不明な、イタタタタタ……痛っ！」

「いつつ、シリウス殿も全力じゃないですか。痛い！　手が痛い！」

俺の七割と同等の握力……！　互いの手がぷるぷると震えている。

「二人とも負けず嫌いだね、シーラ」

「やんちゃだね。お姉ちゃん」

先に手を離した方が負けだ――が、ここに来てから勝負ばっかりしている気がする。

他の四名の治療を終わらせ、昼食を馳走してもらう。その後は集落の散策と洒落込(しゃれこ)んだ。

「おや珍しい。耳長ではねえか」

「こんにちはおばーちゃん！　今日もいい天気ですね！」

トールが人懐っこい笑顔でご老人と談笑し始める。俺とシーラは手持ち無沙汰(ぶさた)になったので、仕方無しに一緒に屈(かが)んでガブリールを撫(な)でくりまわした。

「――どこさから来た？」

「北の果てから。寒いとこだよー」

「ほうけ、ほら菓子でも食うか？」

あの明るさが羨(うらや)ましい。念の為にガブリールに護衛するように言いつけ、あぶれ者二人で家々の間を通り抜ける。

手入れされてない空き家も多い。家族単位で人が消えた、という事だ。

羊に頭突きされたりしつつ集落の中心近くに行くと、子供達がたむろっていた。

「ヒュームだ……」

「耳のばしょ、おかしくないー？」

「腕とか毛がうすいぜー。おとなになったらハゲそー」

小生意気──じゃなかった、利発で好奇心旺盛なお子様がじろじろと見てくる。

俺は見る人全てが安らぐような笑みを浮かべる。にっこりと。

「こわいぃいぃいっ────！　び────っ！」

クソガキどもが四散していった。

「俺の目つきってそんなに悪いか？」

「大丈夫です！　そんなに怖くありません！」

「ちょっとは怖いんじゃないか！」

言い合っていると、散らばっていった子供のうちの一人がブーメランみたいに帰ってくる。恐る恐る俺を見つめ、大口を開けるのだ。

「お父を助けてくれてありがとう！　ヒュームの兄ちゃん！」

怪我をした者の息子だったのか。礼を言うや少年はまた家の裏まで逃げていった。

「お礼……言われちゃいましたね」

「本当はシーラのおかげなのにな」

「工房をくれたのはお兄さんです。私、本当に……嬉しいです。私が作ったポーションが人の役に立ったなんて。今でも実感が湧かないくらい……」

「きっとこれから――数え切れないくらいの人が、シーラのポーションに助けられる。エルフは長寿だから……百年くらいしたらシーラは歴史に残る偉人になるかもな」

「百年。お兄さんもお爺(じい)ちゃんになっちゃいますね」

「いやいや、死んでる死んでる。あと六十年生きられるかも怪しいくらいだ」

「え……？　ヒュームって……そんなに短命なんですか？」

「ああ、健康的な人でも七十そこいらが限界だ」

「そうなんですね……知らなかったです……」

家の裏から少年がこちらを窺(うかが)っている。シーラが手を振って微笑むと、顔を真っ赤にして逃げていく。エルフ種は美しい見た目をしているから無理もない。

「じぃ――――」

皆逃げたかと思ってたが、よく見るとぱつんと銀髪を切りそろえた少女が残っていた。

「あやしい顔。よを乱す、あっき……」

「難しく無礼な言葉を……名前は？」

「フルド！　つよき戦士アルカラが娘！」

両手を上に上げるポーズは強さの証明だろうか。可愛さしか感じ取れない。

「俺になにか用かな、フルド？」

「いそがしい……？」

「そんなにだな」

「……じ、書ける？　おてがみ書いてほしい……」

「書けるぞ。紙とペンも持ってきている」

商談用の備えとしてそれらは持ってきている。手紙が書きたいと漏らすフルドは急に殊勝になってしまった。

「フルドさん、そこに座りましょうね」

「うん。お姉ちゃん」

「お、おねえちゃん！　もう一回言ってみて？」

「……お姉ちゃん？」

フルドが瞳（ひとみ）を丸くし、首を傾げるや――シーラは両手を口に当てて慄（おのの）いていた。

「なんて甘美な響き。カワイイです。可愛すぎませんか、ねえお兄さん？」

「確かに……」

放っておくと誘拐しそうな勢いだ。シーラは姉という立場に憧（あこが）れてたのだろうか。

「さあ、お姉ちゃんと一緒に座りましょうねぇ」

村の一角に食事用のテーブルがあったのでフルドと一緒に座り、底なし背負い袋（アビス・サックス）から紙等を取り出す。

「どこから、紙だした？」

「内緒。大人は秘密を持つ生き物だから。それで手紙の内容は？」

「……わらわない？」

「笑わないさ。よその村の友達に出すのか」

「んーん、お母さん」

フルドの顔はとても淋しげで、恐らく……送り先はこの世でない。

「お兄さんが手紙を書いてくれます。フルドさんは伝えたい言葉をゆっくり喋ってくださいね」

「はーい」

書き出しは任せておけと、俺はフルドを一瞥してから羽根ペンを滑らせる。

「拝啓――親愛なる母上へ。心地よい春の折、文を書き認めております」

「いにゃ――――っ！　かわいくないぃ――――っ！」

「お兄さん……それは無いです……」

俺の考えた無難な書き出しは大不評だった。

「じゃあ――『お母さんへ、フルドです』で始めるよ」

「……ゆるす」

「許して偉いです。あぁ可愛い……」

許されてしまった。許し許されることってホントに大事だと俺は思いました。

「えーと、お母さん、フルドです。むすめです」

「はいはい」

「友だちが、いっぱいできました。やぎのこどもが生まれた。かわいい」

見た所、村の暮らしはかなり安定していそうだ。

「おさはやさしいけどこわい。フェインはバカなのでキライ。うるさい」

子供ってのはたまに容赦がない。無垢な言葉のナイフは時に大人を傷つけるだろう。

「フルドは大人になったら、えいゆうになります。火をふく、つよいお供をしたがえ、カワイイあいぼうといっしょにばっさばっさ……まじんをなぎたおす」

「ばっさばっさ」

「えいゆうになったら、えいれいのせんしだんにはいって、だいすきなお母さんにあいにいきます」

「大好きなお母さん──っと」

英霊の戦士団とは──彼らの死生観が垣間見える言葉だ。死後も狩りや戦争をするのが誉れ高いという考えなら、この氏族では戦士階級と支配者階級が同じなのだろう。

「フルドはげんきでやってます。心配しないで」

「フルドは元気でやっています。心配しないで、ね。書けたぞ」

「おおー、ありがと！」

出来上がった手紙を三つ折りにしてフルドに手渡す。封筒も封蝋も無いので裸のままだが、とても喜んでくれた。

「お礼しなきゃ。なに欲しい？」

「獣耳を触っていいか。気になっていたんだ」

「だめ……へんたい……」

頼んだら汚物を見る目をされた。どうやら文化的によろしくなかったらしい。

「ん……？　何やら、人だかりが」

手紙を書いているのが珍しいのだろうか、村の大人達も寄ってくる。

「ヒュームの兄さんは計算も出来るか？」と言うのはその一人。

「人並みには出来ます」と俺は答えた。

「この村さあ、たまに流れの商人が来るんだけどさ、俺達が騙されてないか調べられるかい？」

うんうんと頷(うなず)く大人一同。思い思いに商談結果を言ってくるので、それぞれを紙に記していく。

「長が居ない時に商人が来ると困るんだよ。俺達じゃよく分かんねえしな」

「そうだなあ。ヒュームのアンちゃんも長には内緒にしていてくれよ。叱られちまう」

大体が物々交換であり、山羊(やぎ)と大麦の袋を取引したり、かさばる時は硬貨や宝石を対価として貰(もら)う事もあるそうだ。

「市場相場と季節要因……あと輸送費用とか考えると……」

「難しい事言うなあ」

計算すると大体の交易レートが等しいが、一人の商人がちょろまかしている事が分かった。大きさの違う袋を交ぜて計算を分かりづらくしたり、代金に二つ前の世代の王国金貨を交ぜたりしている。

この金貨は純度を低くしたもので、純度の高い金貨と取り替えて差額を戦争資金に充てる為に鋳造された。王国の経済を長く苦しめた〝悪魔の金〟と呼ばれるものだ……まだあったのか。

「酷(ひど)い商人だ。この者には気をつけた方がいい」

仔細(しさい)を説明すると皆は憤慨していた。当然だろう。

「かしこい……？　えらい……？」

「人並みだよ」

「えらいかも……みなおした……」

フルドが俺を見上げて恐れ慄いており、気分がとてもよろしくなる。

「あっ――！」

小さな足音を残しながらフルドが集落を囲う防壁へ駆ける。足を懸命に上げて階段を登り、木の足場から外を窺っていた。

「どうしたんだろうか？」

「子供は気まぐれですからね。高いところは危ないので私も行きます」

「俺も行こう」

木の階段が軋む音を聞きながらフルドの横に立つ。少女は真剣な眼差しで草原を見つめていたが――首を横に振って残念そうにしていた。

「かえってきたとおもった」

「誰かが帰ってくるのか？」

「うん！」

放っておくのも寝覚めが悪いので……三人で他愛もない話をしつつ待つ。だが頭上で俺達を照らしていた太陽が地平線に差し掛かる段になっても、待ち人は来ない。

「くしゅんっ！」

小さなクシャミが聞こえた。春先といえど夕方は冷える。

「家で待たないのか？」

「やー、待つー。待つのー」

細い腕で自分を抱きしめるようにしているが、このままでは病気になる。底なし背負い袋(アビス・サック)からシーツを取り出して、フルドを包(くる)まらせる。

「あったか！」

「夜までには帰ろう。夜の闇では魔物も見えづらいから危ないしな。俺のそばから離れないように」

「うい」

「いい返事だ」

「お姉ちゃん……さむくない？」

シーラが自分を指差して驚いた顔をしていたが、意を察して破顔する。

「なんて優しい子……お姉ちゃんは寒くないですよ。北の出身ですからね」

お兄ちゃんは寒いですよ、と言おうかと思ったが止める。気持ち悪がられる。

「ん！　ん！」

フルドがシーツの端を持つように促してくる。どうやら入れと言っているようだ。

「ありがとう」

「お姉ちゃんもはいって！」

「えええ！　わ、私も？」

むさ苦しい男と同じシーツに包まるのは気が引けるだろうが、フルドの必死の誘いが効いたのか――シーラは少し照れながらシーツの端を細い指で摘（つま）んだ。

三人で丸太を背に座る。中心のフルドはとても楽しげで、シーラに頭を撫（な）でられては獣耳が動いていた。

「……ふふふ」

「どうしたの？」

「昔のことを思い出したんです。お姉ちゃんが『流れ星を見よう』って言い出して……一緒に木の上に登って、こうやってシーツに包まって。一緒に夜空を見たの」

「おねえちゃんのおねえちゃん？」

「そうなの。自慢のお姉ちゃん。ちょっとガサツでへちょいけど……私をずっと引っ張ってきてくれた、お父さんみたいに強い人」

「へちょ姉……」

「流れ星ってすごく綺麗なの。暖かくなったら一緒に見ようね」

「うん！」

地平の果て——緋色の丸が沈んでいく。

ひときわ明るいオレンジ色が空を染め、黒が染み出すように広がる。フルドは残念そうにしていたが、もうすぐ約束の時間だ。

「明日かえってくるかも」

「そうだな……また、明日……」

「まだかなー、おとうさん」

フルドの体が先程と比べて温かくなっている。もう眠いのだろうか。うつらうつらと船を漕ぐ少女の横で時間を過ごしていると、向こうからシリウスがやって来た。

「こんな時間まで。フルド、今日は帰りなさい」

「や……おさぁー、ゆるしてぇー……」

「はぁ……これを飲んだら帰るのですよ。約束できますか？」

「うぃー」

湯気をくゆらせる革水筒から牛乳の匂いがした。いや集落には山羊がいたから山羊乳だろう。フルドは両手で持ち、それを飲んだ。

「フェインが用意してくれたのです。これはシーラ殿の分、さあ飲まれよ」

「ありがとうございます」

どう見ても水筒は二つしか無い。強烈な疎外感と寂寞感が心を凍てつかせそうだ。

「俺のは……？」

「申し訳ないがありません。フェインは……ここには二人しか居ないと言っておりましたので。騙されましたねこれは……大馬鹿者が……」

「あの野郎。根に持っているな」

だが……シーラの分も用意したのは称賛に値する。意外と気が利く男だ。

「ねむ、ねむ……ねみゃー……」

「声が半分寝ておりますよ。ほら、背におぶさりなさい。命令です」

「ごめんなしー」

呂律が回ってないフルドを背負い、シリウスが家に向かって歩く。

簡単に身を清めてから食卓に行くと、獣肉の香草焼きとテールスープがテーブルに並んでいた。

「おかえりー、いや～久々に長話しちゃったわ」

トールが歯を見せながら、快活な笑みを浮かべた。

椅子を引いてくれるので、礼を言ってから食事を始める。付け合わせのパンもあり、齧るとそれは保存が利く乾燥した塩パンだった。固いのでスープに浸しながら食べる。温かい食事は見た目以上の滋養があり、とても心が満たされる。

「食べ終われたら私の部屋にいらして下さい。商談の続きをしましょう」

「分かりました」

フルドも俺達と一緒に食事をしている。肉の香ばしい匂いに眠気も吹き飛んだようで、破顔しながら肉を頬張っていた。

月光が差し込むシリウスの部屋には本が所狭しと積み重なっている。

絨毯の上に二人で座ると、澄んだ見た目の酒を勧められた。

「俺は酒が弱いのです。お気持ちだけで」

「これは失礼。では互いに素面で」

「ええ、それにしても現代的な作りの家々ですね。まるで王国の集落のようです」

「流れの建築集団が居るのですよ。方方を巡って対価を得ているのです」

「なるほど」

「はい。それと……フルドに良くして頂いたようで、感謝しております」

「誰かを待っていたようですが、もう死んでいるのですね？」

「あの子は……哀れなのです。幼くして母を亡くし、もう一年もずっとああして、帰らぬ父を待っていまして」

やはりと言うべきか。ヒュームと同じで獣人の世にも死が溢れている。

「流れの者の中には、貴方のようにフルドを気にかける方が多い。父を求めているのでしょうか……少し優しくされるとあの子は懐き、別れの度に泣くのです」

「俺は酷い事をしてしまったのでしょうか」

「意外と甘いのですね」

シリウスが愉快そうに口元を歪め——目を細めた。

「アンリ・ルクスド・ボースハイト様。いえ、殿下とお呼びすべきでしょうか」

口を開けて何かを言おうとしたのだが、驚きで乾いた息しか出ない。

呼吸を整え、波打つ心臓を無理やりに鎮める。

「驚きました。まさか十二王子などの名を知っているとは。よほど王国の事を調べていたのですね」

「貴方こそなぜボースハイトを名乗られなかったのです」

「それは……」

「お家の事情は存じております。ですが、それでも。我らはその名を聞くだけで平伏し、許しを請うたでしょう」

「健全な交易をしたいという気持ちに変わりはありません」

「そうであれば望外の喜び。アンデッドの襲撃は絶えず、我らは喉から手が出る程に治癒ポーションが欲しいのです。ですが……こうも考えています。ついに王国は死の草原を越えて、大軍を寄越すつもりで、貴方は尖兵なのではと」

「それは無い！　過去の大戦の余波とオルウェで起こった国境衝突……王国は思っている以上に疲弊している。草原を越えてこの一帯を平定する余裕は無い筈だ」

「国家というのは利によって動く集団と聞きます。確かに貴方の理は正しい」

眉を顰めつつ思案顔をするシリウスは——半信半疑といった風だった。

「責めるようで申し訳ない。我々も襲撃がここ数年絶えずありまして、些か焦っているのです……貴方の生まれを思えば、他の王子達と事情が違うとも理解してはいるのですが」

「襲撃……アンデッドと言われてましたね」

「アンリ殿は死霊術にお詳しいか？」

「それなりには。魂を魔力で縛って使役する魔術です。普通の死霊術師だと一人で十体のスケルトンを使役するのが限界です」

「この一帯を荒らす死霊術師は一人で数百を操ります。かなりの使い手ですね」

「――まさか」

首筋にナイフを突きつけられたような感覚を覚えて、息苦しい。

一人で百の、いや万のアンデッドを使役できる人物。俺はそいつを知っている。

「漆黒のローブを纏った男……金髪が僅かにフードから覗いていました」

「残虐な性格で……死体をアンデッドにする時、親指の爪を噛むクセがある」

「……知っているのですか？」

記憶というのは忌まわしいもので鍵をかけて箱にしまっても、ふとした拍子に底から這いずり出てくる。

「死霊術師の名はエイス。俺の異母兄に当たる」

「まさか！　あの男の弟だったのですか⁉」

「……そうです」

王宮で過ごした色の無い日々、そこに第八王子のエイスはいた。あの邪悪な男。おぞましきボースハイトの血を継ぐ、生きる価値のない男が。

奴にはなんの役割も必要ない。殺すべきだ。

「普通の死霊術師ならある使役限界が、兄には無い。魔力さえあれば無限の軍勢を維持できる稀有(けう)な能力(スキル)持ち……」

どれだけ……人に迷惑をかければ気が済むというのか。

宣戦布告を介した国家間の紛争であれば——殺戮(さつりく)は許容される。だがエイスのこの蛮行は何だ。死体を手に入れて軍隊を作るつもりなのか？

理性の下治められるべき国家。その下僕として許されざる悪行だ。

「よその氏族がもう二十以上滅んでいます。飽きれば……アンデッドを放置して、どこかに逃げる事を……エイスは三年以上続けています」

エイスは実験目的、もしくは力を高めるための訓練として獣人を殺戮していた。

帰らない親を待つ子供に胸が痛まないのか。心の無い人間は魔物以下の糞袋(くそぶくろ)だ。

「使役されていると思(おぼ)しきスケルトンが、最近また周辺で見受けられます。エイスがまた来るやも……危険ですね」

「俺が残ります。襲撃があれば単騎で奴を討ちます」

「死にますよ？」

「ですが、せねばならない」

兵站の概念、士気、疲労も関係ない不滅の軍隊。それがエイスの恐ろしさだ。死霊術師として死体を使ってのアンデッドへの変質も出来るはずで。こちらが一人死ねば敵が一人増える。まともには戦えない。

「本当に……シリウス殿や周りの氏族の方には迷惑をおかけしました。一族の恥は俺が雪ぎたい」

「……貴方の一族は同族で相喰らうと聞いたことがありますが、本当のようですね。エイスについて話す時、貴方は目が血走っていますよ」

熱くなりすぎだろうか、体温が上がっているのが自分でも分かる。

コンコン——と頭を冷ますようなノック音がして、ドアがゆっくりと開けられた。

「おさぁ……けんか……？」

心配げなフルドの後ろに、皆が居る。まさか……聞かれたか、俺が王族だということを。こんな風に明かしたくは無かったのに。

「どこから聞いていた？」

「ご、ごめんなさい。あんまり聞こえなかったですけど……戦争ですか、お兄さん？」

俺がボースハイトだとは知られていないのか？　そうであって欲しい。

「ああ……すまないが二人を逃がす暇は無い」

エイスは俺の領地を知っている。この村も狙われている。何処が一番安全かと考えれば遺物で強化した領内か、俺が居るこの村の中。時間制限を考えれば後者しか無い。

「違います……！」

「何が——」

何が違うのか。シーラが何を言いたいかが分からない。

「私も残ります！　怪我をした人の治療をします！」

「そうそう。それに逃げた先が安全かなんて分かんないよ。前みたいに奴隷商に捕まるのは嫌だからね。あたしも戦うし」

「……そうか」

数百のアンデッドなら俺一人で何とかなる。エイスがこの村を狙うなら防衛しつつ首級を挙げる機会を狙うのだ。

ぐるる——と狼のか細い鳴き声が聞こえる。ガブリールが俺に寄り添い、慰めてくれようとしている。柔らかな毛皮が顔に触れて少し気持ちが和らいだ。

「ガブリール、二人を守ってくれ」

背中を撫(な)でる。温かさが心地よい。

「怪我人の治療は二人に任せる。治癒ポーションは武器に塗っても使えるから、必要に応じてポーションを薄めて節約してくれ。配分はシーラに任せる」

「任せて下さい！　お兄さんも絶対に帰ってきてくださいね。お姉ちゃんが寂しがっちゃうので」

「しぃーらー、姉をおちょくるのは感心しないわよ……」

「じょ、冗談だよ。そんなに怒らないで……」

「怒ってないわよ。ちょっと姉妹としてどうあるべきか教えてあげるだけ……」

二人がじゃれ合う姿は子犬の喧嘩（けんか）のようである。こんな時でも冗談を言えるなんて、シーラも逞（たくま）しくなったものだ。

言い合っている二人を尻目（しりめ）に、シリウスがこちらの肩を叩（たた）いてくる。

(まさか王族だと明かしていないのですか？)

(黙っていて欲しい。いつか俺の口から言うつもりだ)

(……二人に知られたくないから、家名を利用しなかったと……？　まさか、そんな甘ったれた理由だなんて言われませんよね？)

(…………)

(なんともはや……呆（あき）れました……)

シリウスが困り眉をしつつ、はぁとため息を吐く。

「これからは私のことはシリウスと呼び捨てにしなさい。共に肩を並べて戦うのですから遠慮はいりません」

「良いのか？　俺だけでも大丈夫だろうと思うが」

「我々も奴の血で贖(あがな)ってもらう必要が。そう……事情があるのです」

シリウスが不敵に笑うので、俺も合わせて返す。二度目の握手は以前にも増して力強く……とても頼りになりそうだった。

第14話　サレハ・ルクスド・ボースハイト

たまにしか人が来ない王宮の隅っこでサレハは黄昏(たそが)れていた。

アンリ――彼にとっての異母兄が領地を拝領してから、かなりの時が経ってしまっている。一度も言葉を交わしたことのない兄だが、サレハにとっては特別な存在だった。

（あんな酷(ひど)い場所で……生き延びられる訳がないのに……）

アンリが十六歳になって執り行われた成人の儀は酷いものだった。玉座の間での領地拝領、ほくそ笑む兄達、アンリは氷の表情でじっと耐えていた。

あれは死刑宣告だった。

「僕も十六歳になったら……」

サレハ――彼の名前を呼ぶものはもはや王宮内にはいない。

かつては母が膝(ひざ)に抱いてその名を呼んでくれた。そして南方の砂漠にあるという故郷の話も聞かせてくれたが、今となっては遠い思い出になってしまっている。

Expulsion prince of out-of-skill, infinite growth in a mysterious dungeon

王宮の暮らしは辛(つら)い。

第一王妃派閥と第二王妃派閥は互いに憎しみあい、それぞれの子供同士が争いあっている。生母として格の落ちる第三王妃の子(アンリ)と第四王妃の子(サレハ)は、どちらの派閥にも入っていないし、入れない。

だが派閥に入っていないからと言って、争いから逃げられるわけではない。むしろ両方からストレス解消の玩具(おもちゃ)として扱われ、淀(よど)んだ感情のはけ口にされている。

食卓に並ぶ銀の食器は、サレハのものだけわざとらしく毒で変色している。これは毒殺するためではなく、いつでも殺せるという意思表示らしい。

慣れてしまった今ではスプーンやフォークは自分で持っていくようにしている。それを見たサレハの兄達は嫌そうな顔をするが、仕方がない事なのだろう。

暴力と権謀と怨嗟(えんさ)が王宮に蔓延(まんえん)している。

優しくしてくれた新入りのメイドが——翌朝には死体になっている事もあった。王宮を理解せぬ愚か者と周りは彼女を揶揄(やゆ)したが、愚か者はどちらなのだろうか。

サレハは王宮の壁に背中を預け、目の前にある井戸をぼーっと見つめている。

少し冷たい風が吹いて、薄れかけていた憧憬(しょうけい)が記憶の底から掘り出された。

四年前の冬、雪がちらつく寒い日だった。アンリはここに——王宮裏手の井戸前にいた。手がかじかむ様な寒さだったが、アンリは氷のように冷たい井戸水で頭や体に付いた灰を洗い落としていた。

見た瞬間に直感した。「他の兄に嫌がらせで灰を掛けられた」と。湯を使わせないようにメイドに根回しをしていたのだろう。

サレハはその時、子供じみた悪戯だなと思った。むしろ兄達にしては手ぬるいと。

真意を理解するまでは、そう思っていた。

アンリは決して人前で感情を顕にしなかった。泣いたり、怒ったり、喚いたりすると他の兄達はとても喜んだ。大きな音が出る玩具は悪童の興味を引き——さらに嫌がらせの勢いは増す。

長い王宮の暮らしで学んだのだろう。

苛む言葉や暴力は一過性の苦しみでしかない。器に満たされた水に毒を混ぜても——嚥下して痛みに耐えれば、いつかは終わる。

なら器を壊せばいい。アンリという人間の器は、失われた母への旧懐が全てだった。

嘲るために、理解させるために、否定するために——だから誰かは老獪で、ある意味子供じみた悪意をアンリに向けたのだ。

桶の水面に映る、薄汚れてしまった母との繫がりを否定されて、アンリがどれだけ苦しんだか、サレハには想像もできない。

決して人前で泣かないサレハの兄は、確かにあの雪の日、泣いていた。

赤黒く腫れた頰、治りきってない傷跡を涙が伝う。

誰も居ない、薄暗い王宮の外れ。サレハは胸が締め付けられるような思いがした。

勝手なことだが、サレハは同じ境遇にいる兄に仲間意識を持つようになった。いつか話しかけて、助け合いたいと。

だけどそんな日は来なかった。アンリが領地を拝領して王宮から追放されたからだ。

どこか西方で領地を持つらしく、そこで王族としての務めを果たすのだと。

数日が経ち、何かの用事を済ませてきたエイスは和やかな雰囲気でサレハに語りかけた。

「アンリが心配だから様子を見に行く」「兄として良いところを見せたい」「あそこには魔物が多くて心配だ」とアンリを心配している風だった。

急な心変わりだったが、怪しむよりも嬉しさが勝った。

エイスは嫌がらせをしたことを悔やんでいると言っていたし、もしかすると、これで兄が王宮に帰ってくるかも——という淡い期待もあった。

馬車ですぐに向かうと聞いて、頭を下げて頼み込んだ。一緒に連れて行ってくださいと。

「じゃあ馬車に乗れ。すぐに出るからな」

「はいエイス兄上、護衛の者は連れて行かれないのですか？」

「俺には不要だ。死霊術師のエイスを舐めてもらっては困るな」

準備が終わったら直ぐに西方へ向けて出発した。馬車で移動する時間は、実際よりとても長く感じた。

アンリの領地に着くと、エイスは豹変した。

「こんなに上手くいくとは思わなかった。やっぱ、馬鹿だなお前は」

サレハの首を鎖で縛り、口汚く罵り、そして殴ってきた。

アンデッド召喚のための魔力を寄越せと脅してきたのだ。

王族の血、類まれなる優秀な血はサレハに唯一無二の特性を与えた。

マナ体質——魔力の源であるマナに誰よりもサレハは適合していた。歴史に名を残す英雄よりも優秀な魔術士になれるであろう稀有な能力である。

大きなオーガの死体を前に、エイスは口元を歪めながら告げる。

「抵抗するなよ。すれば殺す」

魔奪の杖の紫水晶が禍々しく光り、サレハから魔力を吸い出す。

エイスが死体をアンデッドに変質させ、奪った魔力で五百のスケルトンを召喚する。カタカタと骨を鳴らしながら魔王に従う軍勢は、エイスの号令を待っていた。

「俺の覇道は、今日この時、この場所より始まる！」

杖を高く掲げながらエイスは攻め入る方角を指した。

一部のスケルトンをアンリ捜索に充てて、残り全軍で獣人の村を攻めるらしい。

「止めてください……勝手に戦争を始めたら、兄上と言えど咎めがあります……」

「これは戦争じゃねえ。蛮族に王国の威を知らしめる――外交だ」

「……ミルトゥ兄上に……第二王妃派閥に伝えます……エイス兄上の落ち度だと」

敵対派閥に知らせれば力関係が揺らぐと、サレハは知っている。

「……脅すってのか！　お前はここで死ぬってのに、どうやって伝えんだよ！」

堅く握られた拳でサレハは殴りつけられる。頬に走る衝撃と痛みのせいで、視界が明滅する。顎部に残る鈍痛のせいで上手く思考がまとまらない。

「おっとすまん。まだ殺さねえわ。お前は大事な魔力袋だからな」

「…………」

スケルトン達が進軍する。無人の草原を征く死の軍勢は、障りとなる魔物を殺して数を膨らませていく。

目的地は立派な鬣を持つ獣人達が住む村であった。人よりは獣寄りの獣人達であり、鼻や牙も獅子のもの。

少し大きな村はエイスの軍勢により一瞬で戦場となり、遺体が積み重なるのに大した時間は要さない。彼らはスケルトンよりはるかに優れていたが、物量を活かした戦術には為す術もなかった。

「クソみたいな物食ってんだな、獣人ってのは」

テントのような家々が立ち並ぶ中、一番大きな家に入ったエイスがそう言った。文様が刺繍された絨毯が敷き詰められた部屋には、外に蔓延している死臭が入り込んできていた。

八人分の食器——器の数だけ人が住んでいた。吐き気を堪えようとしてサレハは口を手で押さえた。

「お前の魔力のお陰で助かったぜ。これでお前も一人前だな」

エイスは愉快そうに嗤い、向かいに座ったサレハにそう言った。

「こんな酷いこと……神様は赦しません……」

「なら俺が赦そう。それにしても、アンリはどこに居るんだか。獣人の村に逃げ込んだと思っていたが……もう、死んだか……？」

エイスが歯を嚙みしめる。惜しむと言うより、憎悪を感じる表情だった。

「なぜアンリ兄様を疎むのですか」

「疎んじゃいねえ。あの惨めな灰色野郎がさ、チンケな草原でどう苦しんでいるか見てやりたかっただけさ。魔物に喰われていればそれで良し、生きていたら俺の手で殺す。そんだけさ」

「……ずっと、兄様に……執着していたくせに……」

「……でかい口を叩くようになったな。殺されねえと分かって調子に乗ってきたか？」

虚飾に満ちたエイスの顔に、隠された情念が浮き出ているのが分かった。

「非道を為していると悔やむんだったらなあ、この場でお前が死ねよ」

エイスがナイフを抜いて床に突き刺した。

「首を掻っ捌いて死ね。お前が居なけりゃ軍勢は創れねえ。死ね。お前が死んだら多くの人が助かるってんだよっ！」

「………………」

「出来ねえだろ。卑怯者が」

「僕は………」

エイスが眉を歪める。どうやらアンデッドの一部が倒されたらしい。

「派手な進軍だったからな。不審に思ったご近所様が助けに来てくれたのさ。どうする、なんでお前は死なねえんだ？　今、思いきれば善良な人が助かるんだぜ？」

遠くで怒号が響いている。戦場の音、死の気配。

エイスはナイフを鞘に戻し、面倒臭げに天井を見上げた。

強き獣人でアンデッドを作る事――アンリを捜し出して殺す事――エイスの真意はサレハには分からない。

涙が流れているのは自分の命が惜しいからか、それとも獣人の死を悼んでいるのか、分からないまま耳を塞いで蹲っていると音は止んだ。

「ごめんなさい……ごめんなさい……」

「お前は誰に謝ってんだよ――おっと。おい、獣くせえな……」

エイスが絨毯を蹴立てて立ち上がり、壁に飾ってある槍を引っ掴んだ。

部屋の隅には織っている途中の白い絨毯があった。立てかけられたそれに、エイスが勢いよく槍を投擲すると――白の布地に赤い模様が散った。

耳を塞ぎたくなるような幼い悲鳴に、悲痛な女性の声が重なる。

「あ……あぁあ……」

サレハが掠れた声を出す。

見てみるとそこには子供の獣人がいて、胸を穿たれていた。

「あぁあああっ！　ぼうや、ぼうやぁー！」

母らしき獣人が涙を流して死体に縋り付いている。

隠れていたのだ。声を、気配を殺して、殺戮者から逃れるため、我が子を隠すために。

エイスはニヤリと嗤って死霊術を行使する。

黒い影が死体に走って——子供がアンデッドに変質した。びくんびくんと体を跳ねさせ、母の腕から逃れようとしている。

「さしずめ劇題は〝お母さん僕を殺して〟ってところかね」

「人非人っ！　薄汚いヒュームがぁああっ！」

「うるせえよ。さっさと、その子供を絞め殺せ。もし成し遂げたら……王族の誇りにかけてお前だけを逃してやる！」

「そんな事、そんな事が出来るわけ……!!」

「……やるんだよ」

「出来るわけがありません。我が子を……そんな……」

鋭い爪が母の腕を引っかき血まみれにする。それでも彼女は子を放そうとしない。

「やるんだよ！　やって証明しろ。お前は息子を殺して――証明してみせろッ！」

激情のままに叫ぶエイスは常軌を逸している。血走った目で母を指差し、荒い呼吸をしながら、むき出しの感情をぶつけていた。

そこには殺戮者としての余裕も矜持(きょうじ)も無い。

「止めてください！」

「黙れッ！」

サレハは渾身(こんしん)の勇気を振り絞って止めようとしたが――杖で頭を打ち据えられる。

「そうだ、首に手を回せ。母の愛ってやつを見せてくれよ」

ガンガンと痛む頭を押さえつつ、薄くなる意識の中、獣人の母の慟哭(どうこく)を聞いていた。

第15話 エイス・ルクスド・ボースハイト

三百の獣人の死体から出来たアンデッド。莫大な魔力から練られた二千のスケルトン。大地を鳴らすようにして軍勢は快晴の中を進軍する。

「おいサレハ！　こっちに来いッ！」

エイスが鎖を強く引っ張るとサレハはたたらを踏むが、お構い無しにエイスは杖で魔力を吸い上げる。

「ぐぅぅうッッ……！」

体を裂くような痛みに、苦痛の声が漏れるが知ったことではない。

「これで追加で千体ってところか。使えねえな……」

「は、はい、申し訳ありません……エイス兄上……」

痛みは心を挫く。魔力を吸われる痛み、殴りつけられる痛み、心を縛り付ける罪過の痛み。エイスはそれらを熟知している。玩具の使い方——と言うのだろうか。

Expulsion prince of out-of-skill, infinite growth in a mysterious dungeon

「次は本命の銀爪氏族（シルバークロウ）って奴らだ。サレハもさっさと魔力を回復させねえと殺すぞ」

「はい……」

エイスの胸の中でずくずくと疼（うず）くものがある。

近場の村で、草原で、アンリは見つからなかった。

「……ハ、ハハハハ！　これで三千！　俺の、俺だけの軍だ！」

地面が鈍く光り、そこからスケルトン達が這（は）い出してくると、エイスは狂喜した。

惨めな灰色野郎がどこかで死んだのならばそれで良し。俺は俺だけの軍勢を創り、王国に反乱を起こす。陰湿で迂遠（うえん）な派閥争いなぞ、十万の軍勢があれば跳ね返せる。都市を二つ三つ取り、適当な所で建国を宣言すればいいのだ、と。

「進め」

三千にも及ぶスケルトンの軍勢のうち、エイスは千を近くにある川へ向かわせた。

「大軍に策は必要ならずってのは誰が言ってたかな。俺は嫌いだね」

不揃（ふぞろ）いな隊列を組む二千のアンデッドは命令を待っていた。

人で軍勢を集結させれば指揮官は貴族になり、指揮系統は煩雑となる。だがアンデッドならば、全てが己の意のままに出来る。それがエイスを心地よくさせた。

「さあ行け!!　村を蹂躙（じゅうりん）しろッッ!!」

草原の遥（はる）か先にある点景が銀爪氏族（シルバークロウ）の村だ。

前触れも宣戦布告も不要である。これは愚かな未開人を間引きする、偉大な王の進軍であるからだ。

白磁の骨達が関節を不器用に動かしながら進んでいく。六百歩の距離になると矢が雨のように降り注いできて、数十が狩られてしまった。

「どうだサレハ、ささやかな抵抗じゃねえか」

虚（うつ）ろな目をしたサレハからは返事は返ってこない。

人であれば——今の斉射で士気が揺らいだだろう。戦友の死に心が揺らぎ、死を恐れる臆病（おくびょう）な心は足を棒きれに変えさせる。

「だがなあ、アンデッドってのは、違うんだぜ」

獣人のアンデッドはまだ使わない。スケルトンの恩寵（おんちょう）度は四程度の弱兵だが、獣人の方は個体によっては二十を超えるものすらいる。

戦力の逐次投入は愚策だが、精鋭の浪費もまた愚策である。

「壁に取り付いたか。黒獅子（くろじし）どもは一日持ったが、さて狼どもは二日と持つかねえ。おいサレハ、何日か当てれば褒美に好きな獣人を選ばせてやるぜ」

性奴隷にでも遊び道具にでも好きに使えばいい。

そう言って笑うエイスだがサレハは何も答えない。

「音が出ねえ玩具ってのはつまんねえな」

攻城戦に耐えうる防備を村は揃えていなかった。丸太で出来た防壁の高さはそれほどでもなく、物見櫓も等間隔で八つあるだけ。

五十ほどのスケルトンの一群が防壁を登ろうとしていたが、そこに村人が桶に汲んだ何かを撒き散らした。三人ほどが火矢を放つと――スケルトンが猛火に包まれて死に絶える。油だ。狩猟と牧畜を生業にしている獣人ならば獣脂を使ったのだろうか。

エイスの軍勢はサレハを使えばいくらでも補充ができ、村人のうち戦えるものは五十に満たないだろう。百のスケルトンで一の戦士を狩れば勝てる。

全てのスケルトンが防壁に取り付き、エイスは勝利を確信した。

どこか一箇所が壊れれば俺の勝ちだと、それは事実そうなのであろう。

高らかに笑うエイスだが、次の一撃は油断と過信を打ち砕くものであった。

「行くぞぉおおっ！　今だぁあああっ！」

防壁の上に登った村人が吠えた。矢を構えるものはおらず、全てが桶を抱えている。

「油、いや水か？　何をするつもり――」

勢いよく〝何か〟が撒き散らされるが、見た目には只の水でしかない。

「――ッ！　なんだ、ありゃあ……！　なんだってんだよッッ！」

油でもない、只の水だった。その筈であった。

だが水を被ったスケルトンが尽く〝死んでいる〟のだ。

五百は軽く討たれており、濡れた地面を通るものすら、まるで毒の沼を歩くように足元が灼けている。

「あれは……治癒ポーション……？」

サレハの瞳に生気が戻るのが腹立たしい。利用価値がなければ殺してやるのに、とエイスは舌打ちをする。

「只の獣人にあれだけ大量のポーションが揃えられるものかッ！」

それに薬効が高すぎる。宮廷錬金術師が作ったものであっても、あれ程の化け物じみた薬効は望めない。

「クソがッ！　死体を踏み越えて進めッ！」

いまので数百瓶のポーションが消費された。恐らくあれが乾坤一擲の策だったのだろう。周辺氏族から無理やりにかき集めたポーションであり、次の一手はもう無いだろうと。

――残り千四百のスケルトンで攻めれば勝てる。

そう確信したエイスの双眸に信じられぬものが映る。桶にポーションを補充する者が居た。ガラスの小瓶が恐らくポーションだが——たったの〝数滴〟を垂らして、残りは水らしき液体で薄めているのだ。

「ありえない……」

また五百のスケルトンが討たれる。

エイスは口を開けたまま、朧気な思考でスケルトンを退却させる。

蒼い光弾が追いすがるように飛んできて、また討たれる。水の範囲から逃れれば矢まで飛んでくる始末だ。

哀れな敗残兵がこちらに向かう中、草原にぽつんとある岩が動いた。

まるで胎動するように。

「確認——アンデッド、殲滅を開始」

三体のゴーレムが土を押しのけて立ち上がる。岩で出来た頑強な体で、手には防壁に使われている丸太を持っていた。

「確認——スケルトン。各々、密集した個体群を撃滅されたし」

「諒解——殲滅開始」

「諒解——当方も殲滅開始」

颪を斬る轟音と共に、粉々になった骨が宙に散らばる。

自然災害のような理不尽さであった。確かにスケルトンは弱兵だが——只のゴーレム相手にあそこまで、いいようにはされない。

目の前の三体はどこかおかしい。自律性があり、互いの場所を確かめ合って連係しているのだ。まるで自我がある歴戦の勇士のように。

「あれは……もしかして……遺物……？」

「そんな訳があるかぁッ！　小汚い獣人が、そんな訳が、あるものかぁあッ！」

再びスケルトンを反転させて特攻させる。ゴーレムの動きを攪乱し、相手のポーションを消耗させられればそれで良い。黒獅子の獣人十体も死霊術で強化してから突っ込ませる。

「おいッ！　魔力をもっと出せ！」

「エイス兄上……もう、ありません……」

「ふざけるなッ！　何のためにお前を連れてきたと思っているんだッ！」

言葉とともに蹴りが出た。呻き声を上げて蹲るサレハ——地面に鎖が擦れる音がした。

「いける、いけるぞっ！」

黒獅子の機敏な動きはポーション混じりの水を浴びるほど鈍重ではない。

このまま防壁に登り、村人を殺せばいい。こちらはサレハの魔力が回復してから、スケルトンを召喚して同じことを続ければ絶対に勝てるのだ。

「――クソ！」

一体がゴーレムの拳（こぶし）で肉塊に変わる。一体が壁に登ろうとして槍（やり）で貫かれる。一体が矢の斉射で討たれる。一体が蒼い光弾に倒れる。

骨のキャンバスの上に赤い染料が零（こぼ）れ落ちるようにして、精鋭のアンデッドが死んでいくが、まだ終わってはいない。

「黒獅子は惜しい。これ以上、消耗するわけには……ん？」

二人の戦士が防壁より跳躍する。

一人は銀爪（シルバークロウ）氏族の氏族長〝白銀のシリウス〟だ。

先代の抗争で弱った氏族を若くして受け継いだ男。槍と弓の腕前はかなりのもので、この村を襲ったのだって本を正せばシリウス目当てである。

エイスはもう一人を確認しようとしたが、雲の合間から顔を出した日が眩（まぶ）しくて、その姿が朧気にしか分からない。日輪の輝きを背負うようにして戦う奴は誰だ、とエイスは思う。

「こちらは引き受けた！　防壁に取り付かせないように！」

シリウスの槍が二体の黒獅子を屠（ほふ）る。

「分かった。敵陣の攪乱が終わったらゴレムス達を下がらせるぞっ！」

もう一人の男も剣による下段からの斬り上げで一体を殺した。

知っている剣術の型、目が慣れてきて姿が見えてくる。

灰色の髪、軽鎧をまとった男で、エイスはその男をよく知っていた。

「頑張って……」

サレハが涙混じりの声で言った。

男はスケルトンの集団に真正面から突っ込んだ。低い姿勢で剣を一振りすると、まるで草を刈るようにスケルトン達が崩れ落ちた。

「頑張ってください……」

スケルトンの一群を通り抜けた男が黒獅子をまた倒すと、村から喊声が上がった。

どうやら士気の源となっているのはあの二人。

白銀の人狼の末裔——シリウスと、もう一人は——

「アンリ兄様っ!!」

サレハが声を振り絞って叫び、涙が地面を濡らす。

エイスは歯が折れそうなほど噛み締め、憎々しげにアンリを睨んだ。

第16話　アンリ・ルクスド・ボースハイト

全ての防壁で戦闘が始まっている。

圧倒的に当方が優勢。死者の報告は皆無。だが敵の戦力は無限に近い。

いずれ負ける。消耗戦は悪手の極みだ。

「出てこいッ！　エイスッ！」

防壁の外で単騎、孤軍奮闘を続けていると、ゴーレム達が役割を果たして戻ってきた。

「ゴレムス！　西と東を守れッ！　一兵たりとも取り付かせるなッ！」

「諒解」

後ろにゴーレムの足音を聞きながら、敵陣と向かい合う。心なきスケルトンが二百程こちらに殺到してくる。

「お前は卑怯(ひきょう)者だ！　能力(スキル)に感(かま)けて鍛錬を怠り、人から奪い何も与えない！」

横薙(よこな)ぎの一閃(いっせん)。透明な糸を走らせるようにして、スケルトンを十体斬る。

「俺が憎くないのか！　此処に居るぞ！　殺したくはないのかッ！」

マナと同調した体は文字通り規格外となるのだ。膂力も頑強さも、疾さもだ。舞い散る砂の一粒を感じ取れるほどに――感覚が研ぎ澄まされる。

「出てこいッ！」

挑発に応じるほどエイスは愚かではない。言わば、この戦場の一番の愚か者は俺だろう。単騎で敵陣に飛び込むなど自殺行為。戦力の逐次投入は下の下、短慮の極みである。

だが、声がしたのだ。サレハの声が聞こえた。

一度も言葉を交わしたことのない異母弟――ボースハイトの末子。

無限の軍勢は魔力によって維持されている。供給源はサレハで術者はエイス。

どちらかが死ねば――この戦いは終結するが、殺すべきなのかと迷う。あの弟は俺から何も奪っていない。

「新手か」

己に向けられる敵は多ければ多い方が良い。その分集落の防衛は楽になる。

スケルトンを踏み潰しながら、トロールが二体歩み出てくる。戦場で使役されることもある大物。兵卒ならば百で当たるべき脅威と言えよう。

「死にますよ、と私は言いましたよね？　何で一人で戦おうとするのですか……？」

シリウスがトロールを見上げながら、呆(あき)れ声でそう言った。

「取り敢(あ)えず謝っておこう……という気持ちが伝わってくるようです。ですが、精鋭で敵陣を穿(うが)ち首級を挙げる。これは我々からすると好ましい戦法。氏族の皆も喜んでおりますよ」

「すまん」

背後から聞こえる喊声――戦場の音は勇ましく、士気は高い。

この戦いはボースハイトが始めたのだ。ならば幕引きも俺が務めねばならない。

トロールがよたよたと歩いてくるので、剣を正眼に構える。

「ここは私にお任せあれ」

シリウスは槍を地面に刺し、無手で堂々と対敵に歩み寄る。

まさかアンデッドを殴り倒すと言うのか。確かにスケルトンなどの固い体を持つアンデッドには刺突武器の有効性は低いが――相手はトロールである。

「――〈祖霊の猛り(コール・ビースト)〉」

シリウスが能力(スキル)を発動するや、その体が、骨が、軋(きし)みを上げて膨らんでいく。全身を獣毛が覆い、端整な顔立ちは猛(たけ)る狼に変わる。牙(きば)と爪は鋭さを増し、岩であろうと容易(たやす)く斬り刻むだろう。

「ああ……なんて事だ……」

「驚きましたか。我らは狼の末裔。選ばれた戦士は祖霊の力を借り受けて、姿を変えることが出来ます。これはその力の一端。かつて人狼と呼ばれた我らの真の姿です」

驚いたことは驚いた。

けど一番驚いたのはシリウスの体が巨大化したことだ。前より二回りは大きくなったせいで、シリウスが着ていた服が無残にも破け去っている。

シリウスの足元に服だったものが落ちているが、変身を解いたらどうやって帰るつもりなのだろう。

「伝来の地を穢した恨み、ここで晴らせて頂きます」

俺はシリウスの援護だ。寄って来る有象無象を斬り伏せ、決戦の場を整える。

「任せた」

どたどたと足音をさせながら、見上げるほどの巨軀が近づいてくる。よく見ると肌は所々が紫色に腐り、眼窩からは目がこぼれ落ちていた。

「――ツルァアアアアッッ!!」

シリウスはトロールの頭上まで跳躍。右腕を振り上げ、左手で敵の肩を鷲摑みにし、その鋭い爪を振り下ろした。

「先ずは一体っ‼」

脳天から首まで真っ二つにされたトロールはその場で絶命し、シリウスは割れた頭を足場にしてさらに跳ぶ。

空中で一回転し、そして回し蹴りをもう一体のトロールの側頭部にぶち当てた。

トロールが苦悶の表情をしながらシリウスを摑もうとする。だが速さが違う。空中で姿勢を制御しながら、飛ぶように戦うシリウスは紙一重で全てを躱している。

「ギリギリで避けることにより必要最低限の動きにしているのか」

積み重ねられた戦いの経験——歴戦の英雄の体捌きだ。

両者では生物としての格が違う。万が一にもシリウスが敗北を喫することは無いだろう。

当然のように蹴られて倒れ伏したトロールに、空中からの膝蹴りが入り、鮮血とともに脳漿が辺りに飛び散った。

「残りはスケルトン千体と黒獅子氏族の戦士達」

「多いか？」

「いや……祖霊の誇りを取り戻すには足りないほどです、が」

獰猛な牙を見せて唸るシリウスは、憤怒に塗れている。

「アンデッドになると魂があるべき場所に還れない……このような侮辱、同じ獣人として見過ごせるわけがありません。殺して、解放せねば」

「ああ、殺そう。殺して殺して、殺し尽くそう」

屍山血河を超えた先に兄が居る。

昏い欲望が鎌首をもたげている。憎い兄をこの手で縊り殺せれば、どれだけ爽快だろうか。もしかすると──止まっていた時間が動き出すかもしれない。

「アンリ──！　ポーション──！」

ガブリールの背にしがみついてこちらに来るのはトール。俺を大声で呼んでいる。

「これ、これ！　上に投げて！」

指さされるのは一抱えの樽。ガブリールが咥えたロープに引っ張られるそれは、地面に何度も当たったのか傷だらけだった。

「中はポーションか。だが……投げる？」

「あたしが撃つの。敵の真上に投げてー！」

「諒解した！」

得心がいった。なるほど至極明快──ポーションの雨を降らし、敵陣に大穴を開けるのか。

樽を両手で持ち、槍投げの要領で振りかぶり投擲する。

「やれ！　トール！」

「おりゃ――――!!」

トールがホルスターから魔導銃を抜き――撃つ。蒼い魔弾が放物線を描く樽に向かって襲いかかった。

「もぎゃ――――っ!!」

だが外れた！　全然当たってない！

「下手くそ！」

「うるさいし！　最終的に当たればいいの！」

トールが二丁の魔導銃を乱射し、想い人にフラれた男のように執念深く魔弾が追いすがる。数はおおよそ二十発で、放物線の頂点に達した樽に、一発が的中した。

樽の中で魔力が炸裂し、まず木片が飛び散った。次に満載された治癒ポーションが慈雨となりて降り注ぎ、スケルトンの一群を灼き尽くす。

「どう？　あたしも役に立ったでしょ！」

「そうだな。次は俺の番だ」

敵の本陣へ続く道が出来た。剣を握り締める力が思わず強くなってしまう。

「うん、お兄さんを止めてあげて」

「ああ、殺してくる」

「ちょっと待って……殺すの？」

これは戦争なのだ。なぜ殺人を厭うのか？　トールも失う痛みが、奪われる辛さが誰よりも分かる筈だ。奪う人間は奪われて然るべき。俺は何一つ間違っていない。

「エイスって……お兄ちゃん……なんでしょ。駄目だよ……そんなの」

「奴の所業を思えば死んで当然だ。何を言っている」

「そうじゃないの！　そんな風に決めちゃだめでしょ！」

「分からない。何を言っているんだ……トール？」

胸がざわめく。エイスは死んで当然の人間だと、応報せよと、奴に苦しめられた者全てが叫んでいるのに、なぜ止められる筋合いがあるのか。

「兄弟殺しなんて間違ってるって言ってんの！」

「俺の一族はずっとそうして来た！」

「じゃあアンリで止めたらいいじゃん！　そんなの、何にも楽しくない！」

因果が逆転している。俺が殺すのでは無い。奴が殺されて当然の人間なのが原因だ。それに何が兄弟だ、血が繋がっているからこそ、おぞましい。

「……煩い」

「えっ…………」

「煩いと言ったんだ！　俺から奪うっていうのか！」

「……なに、言ってる、の……？」

そうだ、トールは俺から奪おうとしている。

手の届く距離にエイスがいる。王宮に居た頃願った、遠い思いが果たせる。

あいつは母上の遺骨を手にして俺を蔑んだ。殺されて当然の人間だ。

「俺から奪うなッ!!　母が死んだのだって、奴のせいに決まってる!!」

苛立ちも憎しみも、全部俺のものだ。これを糧に、今日まで生き延びてきた。穢れし一族を苦しみの中で殺し、生まれてきたことを後悔させてやると。

「なんだって、どいつもこいつも!!　俺から奪おうとするんだ!!　俺はずっと、十年以上我慢してきたんだ!!　殺して何が悪い、殺されて当然の奴が罰されないから、俺が殺してやるんだッ！　神のクソ野郎が何にもしないから、俺が代わりにやってやってるだけだろうがッッ!!」

握った左拳から血が滴っている。激情に酔っている醜い高揚感と、それを自覚する客観性が同居しているようで、頭の中が気持ち悪い。きっと頭には鉛が詰まっていて、瞳には出来の悪い硝子が嵌め込まれているのだろう。俺という人間は。

「…………」

トールが瞳に涙を溜めながら、睨んでくる。

俺を軽蔑しているのだろう。暴言で相手を縛り付ける男だと、トールの村を襲った傭兵と何ら変わりがないと。

「大馬鹿者がッ！　戦場で囀っている場合ですかッ！」

――と思うと、頭頂部に衝撃が走り、眼前に火花が散った。目の前の人狼――シリウスが困り眉をしつつ俺とトールを交互に見ている。

「敵陣の穴が埋まってしまうのです。今すぐにエイスを討たねばいけません」

「けど……それじゃあ、アンリが……」

「私が何とかします。貴方は戻ること!!　いいですね？」

「…………」

「返事は!!」

「はい……お母さんみたいに叱んないでよ……」

「なーにがお母さんですか！　さあ、早くしなさい！」

ガブリールの背に跨るトールがこちらをじっと見てくる。

「帰ってきてね……待ってるから……きっと、シーラも……」

返事を言う前にトールは集落に帰っていった。

「さっさと走る！　敵将の首を取るのです！」

シリウスに尻を引っ叩かれた。動揺に揺れていた敵陣の穴が蠢きながら閉じようとしている。

「ごめんなさいお母さん……」

「……冗談を言えるほど余裕が出たようですね」

「ああ……もう、終わらせる」

駆ける。ポーションで濡れている場所はアンデッドが近づけない安全地帯。自滅覚悟で寄って来るものは鎧袖一触とばかりに斬り伏せ、ただ進む。

問題はサレハだ。軍勢は弟の魔力によって維持されている。もし殺せば俺達の戦勝は固いが、命で贖うほどの罪があるのだろうか。だが——殺された人達の事を思えば。

「——分からない。何も、分からない。シリウスはどうすべきだと思う？」

「一族の問題。答えは貴方の中にしか無い」

サレハはまだ子供で、きっとエイスに無理やり従わされている。

「復讐は悪ではありません。私は……そう、思います。ですが迷いながら剣を振るうと容易く死にますよ」

風に揺れる緑の絨毯、さあと吹く風の音が——俺を馬鹿にする囁きのようだ。

「進め！」

シリウスが爪でスケルトンを切り裂く。群がる数十を一呼吸の内に殲滅し、足取りは止まることがない。

何も考えずに剣を振るう。陶器よりも容易く割れる骨達の歩兵陣を食い破り、たどり着いた先にエイスは居た。

「来たかよ……灰色野郎が……」

王都から引っ張ってきたのだろうか、アンデッド化したグリフォンを傍らに置いて護衛代わりにしている。

表情が読み取れる距離——サレハも俯きながら横に立っている。暴力に晒された痣が痛ましい。顔に生気は無く、栄養状態も悪そうだ。

——三。

エイスの顔を見ると、焦る表情に僅かな喜悦が混じっている。

——二。

俺を疎んでいるのだろう。殺したいのだろう。

——、一。

そう言えば――何故、エイスはそこまで俺を疎んでいたのだろうか。

俺は奴から何も奪っていない。だというのに、何故？

「おいおい、蛮族相手に手を貸せば反逆者だぜ？」

「勝手に他領で略奪をする罪過の方が重い。お前はずっとそうだ。気に食わないことがあれば暴力に訴える。寂しくなれば死者を傍らに置き、世界を斜めから見て自分が崇高で孤高だと勘違いしようとしている」

搦手も何もない。ただただ剣を上段に構えて突進する。

「言ってくれるじゃねえか。痛くも痒くもねえがな」

エイスがアンデッドを召喚する。漆黒の騎士鎧を着込んだアンデッドが地面から這い出てきて、兜のスリットから尋常ならざる赤い光が漏れた。

長大な大剣を片手で持ち、騎士盾で防備する。黒いオーラがまとわり付いたそれを用いる主は――恐らく一を滅するに千の兵を要する最高位の不死者。

「不死隊って知ってるかぁ？　コイツラはなあ、ダルムスクの旧い死霊術で編まれた最高傑作だぁ。数多の国を灰に帰させた、神の兵だ！」

アンデッドは盾を前方に構えたまま、もう片方の手に持った剣をシリウスに振り下ろす。

シリウスは爪でいなして、騎士鎧の隙間――肘の関節部分に拳を入れて、骨を叩き砕く。

「殺せっ！」

またエイスが騎士のアンデッドを三体召喚する。

あの男にそんな大それたアンデッドを召喚する力はない。サレハから魔力を奪っている筈だ。見える紫水晶の杖は王国の遺物。あれで奪っていたのか。

「そこの薄汚ねぇ狼野郎を斬り殺せぇッッ!!」

シリウスにアンデッドが群がる。

「大丈夫かシリウス!?」

「こちらは放っておけッ!! エイスを何とかしろッッ!!」

エイスの前方には長い翼を広げるグリフォン。数度それをはためかせると、土埃が舞い、次第にその巨体が浮き始める。

「灰色野郎」

「……エイス」

「蛮族相手にお仲間ごっこかぁ。お前にお似合いだぜ」

有翼の魔物は低空からこちらを睨んでいる。俺の剣が届く距離ではない。

「無辜の民を殺した罪を、その下劣な魂で贖え」

「……つまんねぇなあ。聖人ごっこをしたいんじゃなくて、本当は俺を殺したいんだろ。

正直になれっての、お前の母親がどんな風に死んだか教えてやろうか？」

「エイス。やはりお前達が——」

「お前の大切なもの、全部奪ってやるよ。そこの狼野郎もアンデッドにして、お前と殺し合わせてやる。あの村の生き残りも全部だぁ」

「……エイス。お前は……」

頭の中が煮えたぎり、瞳の奥で火花が散っている。

だが駄目だ。村に誰がいるかを考えろ。

「——ガァアアァァアウウアアァッッ!!」

グリフォンが翼を水平にしたまま滑空してくる。

万兵を跳ね返す強固な城壁ですら、その勢いを削ぐには足らない。鋭い嘴は剣を折り、衝撃は俺を肉塊に変えるだろう。

「殺せっ！　グリフォンッ！」

ポケットから治癒ポーションを取り出して開け、投げつける。

「そいつは死霊術で強化済みだ！　ポーション如きで死ぬわけねえだろっ！」

グリフォンの嘴に当たって、ガラス瓶が割れる。全てを癒すポーションは命を否定するアンデッドをさらに否定する。焼け爛れた顔面は悲痛で、殺してくれと俺に頼んでいるようだった。

「――ッ！　まだだッ！　まだ死んでねぇッ！　殺せ、そいつを殺せェエエッ！」

悶え苦しみながらグリフォンがこちらに飛んでくる。勢いは削がれ、殺意の志向性も失われている。

「殺れ、灰色野郎を殺れェエエエッ！」

――下段からの斬り上げ。ポーションを纏った鉄が、グリフォンの嘴を二つに裂き、刹那遅れて首と額から血が噴き出す。一呼吸も挟まずに、二歩前進しつつ斬り下げ――胴体、腰、股先を血飛沫を上げげつつ両断すれば、グリフォンは内臓を撒き散らしながら後方へ滑り落ちていった。

「――よ、汚れた血の混ざりものが、ふざけ、やがって」

一気呵成にエイスを斬りたいところだが、忌ま忌ましいことに奴はまた騎士のアンデッドを二体召喚していた。

一体はサレハを羽交い締めにしていて、もう一体が待ってましたとばかりに斬りかかってくる。

一合、剣戟を交わす。硬質な刃と盾に対して治癒ポーションの効果は薄い。

二合、盾で視界を塞がれるが、そのままに斬り伏せてやる。漆黒の兜が宙を舞い、地面に落ちる頃にはアンデッドは灰となり消えていった。

「ま、魔力があれば俺はまだ、やり直せる」

エイスが魔奪の杖をサレハに向けている。

「もう止めましょう……投降して、僕と一緒に……」

サレハが泣き顔で懇願していた。

「黙れっ！　お前もアンリも、俺に命令すんじゃねえッッ！　俺はエイス、第一王妃の、正統にして純血の――王の器たる資格があるんだっ！」

杖の紫水晶が光り輝く。膨大なマナが魔力に変換されているのだろう。

「俺の軍、俺の魔力だっ！」

サレハが苦悶の声を漏らしているが、眼光は鋭い。

エイスをきっと睨みつけ、紫水晶を小さな手で摑んだ。

「そんなに魔力が欲しいのなら――ぜんぶ――」

瞬間、サレハを中心として法外な量の魔力が溢れ出た。草花は外側に向かって頭を垂れて、紫水晶は脈動するようにして震え、危険な紫の光を放っている。

に立ちすくむ。
　エイスの動揺が死霊術に影響したのか、戦場にいる全てのアンデッドが気圧されたよう
「止めませんっ！」
「な、止めやがれっ！」

　同時に紫の閃光が迸る。眼を灼くそれを両腕で防いでいると、次に水晶が割れるよう
な音がして、目を開けてみれば、遺物が、古代技術の結晶が無残にも壊れ果てていた。

　勝機――今、此の時しかない。

　必殺の一撃を繰り出すべく、地を蹴るようにして前進する。

　壊れた杖を握りしめるエイスは激高していた。

「サレハを殺せっ！」

　サレハを捕らえた騎士のアンデッドが片手を緩めて、腰から剣を抜こうとしている。

「選べアンリッッ！　今、この時を逃すなッッ！」

　シリウスが後ろで叫んでいる。

　選ぶ。そう、選ぶのだ。剣を振るう人間は選ぶ必要がある。

　エイスを殺すに足る理由がある。大義がある。俺の記憶が殺せと叫んでいる。

「――――っあぁぁぁアァあああぁッッ!!」

叫ぶ。恨み一つで、全てを無に帰すことは出来ない。

「サレハッ！　動くなッ！」

右足を強く踏み出して、体勢を無理やりに変える。

目指すは漆黒の騎士。動揺する心を持たないはずのアンデッドがこちらを見て、一瞬動きを止めた。地面を抉りながら跳ね、サレハの頭上ギリギリを通り抜けるようにして、騎士の頭を兜ごと横薙ぎに両断する。

「来いサレハッ！　俺から絶対に離れるなッ！」

解放され、よたよたと歩くサレハを胸元に抱え、右手に握った剣でエイスと相対する。

「――兄様。なんで……僕なんかを……僕のせいなのに……」

「……今は何も喋らなくていい。全部任せろ」

何故、俺がサレハを選んだのか、言葉では上手く説明できない。サレハを助けずとも、エイスは殺せた。目的は達せられた。

分からない。短慮な英雄なら子供は救うべきだと答えるだろう。世間知らずの聖女はサレハの勇気を讃え、慈悲を与えただろう。

だが俺はどうしたかった？　否定したかったのでは無いのか？

「こちらも片付きました」

　先程出来た隙を逃さなかったのだろう。騎士甲冑の残骸を乗り越えてやって来るシリウスが、エイスの首をその力強い腕で摑んだ。

「か、勝ったつもりか……獣人が、この俺に……」

「何を言っているのか、よく分からない。お前は私が力を込めれば容易く死ぬ」

「馬鹿が……最初から、お前達の負けだ……」

　エイスがローブの中から何かを取り出そうとする。

「させると思うか。悪あがきをするな！」

　シリウスがエイスを地面に引き倒し、ローブの中から卵形の石を引き抜いた。

　碧宝石で象られた水竜が絡みついてるそれは、王国の二級遺物である。

　所々にヒビが入っている為、完璧な効果は望めないとは王宮でも噂されていたが——それでも絶大な力を有している。

「これは……何だ……？」

「シリウス、今すぐ石を地面に降ろせ！　それは水竜の揺籃！　使い方を誤れば死人が出るぞっ！」

「何と。効果は？」

「水の流れを自在に操る戦略級の遺物だ。こんな物を持ち出して……父王は決して許さないだろうに……」

　もしかするとエイスは戻らないつもりだったのか。アンデッドとなった獣人の軍勢がいれば王国に反旗を翻すこと自体は可能だ。兄達を思えば、成功の可能性は皆無だが。

「ハハ、ハハハハハハッ!!」

　エイスが高笑いをする。

「思い出さねえか？　王宮での暮らしは最高だったなぁ。雪の日の泣き顔を思い出すだけで最高の気分だぜぇ」

「今から死ぬお前が何を言っても、負け惜しみだ」

「その余裕がよぉ……昔っからお前のことがなあ……クソッ！　お前が生きていて、飯を食って、馬鹿面でぼけっと生きていると思うだけでなぁ、腸（はらわた）が煮えくり返るんだよッ!!」

　殺すべきだろう。生かして王国に戻せば、また襲ってくるのでは？

「もう使ったって言えば、どうする？」

　エイスがくつくつと嗤（わら）い、吐き捨てるように言った。

「なにを……言って……」

「とっくの昔に水竜の揺籃（クレイドル）は発動済みだっ！　川もアンデッドで堰（せ）き止めてあるからなぁ、効果は最高ってもんだぜッ！　聞け、この音を！　俺の勝ちだ！」

「あれを見て下さい！」

――シリウスが指差す方向、水竜が天に昇っていく。

青く透き通った竜が大地を揺るがす咆哮を上げて、その体が維持できないとばかりに砕け散る。口を開けて呆けていると、ぞっとするような音が耳に届いた。

地が割れるような轟音。水はまだ見えないが、方向からして集落を狙っていることは自明の理である。

「なっ！　これは！」

ひび割れが致命的な亀裂になり、碧宝石が粉々に砕け散る。

「俺の勝ちだぁアンリィ！　最初っからお前は負けてたんだよ！　大切に守った村なんだろぉ！　ああいい気味だぜぇッ!!」

「今すぐ止めさせろッ！」

「それが出来ないのはお前も知ってるだろうがぁあッ！」

煮えたぎるような怒り。今すぐこの男の腹に剣を刺し、苦痛の中で悶え苦しませながら殺したい。

「違うっ！」

「どうした、気が狂ったか灰色野郎。ク、くははっ！」

「違う。俺は違う」

迷う時間は無い。俺自身の復讐で惑う暇は無い。

「シリウス！　俺は村に行って動けない人を助けてくる！」

「――分かりました。私は止める方法が無いか、背後で何が動いているか、エイスから聞き出しておきます」

本当は自分も同胞を助けたいだろう。だがシリウスは長として心を律している。

「おいっ！　無視するんじゃねえっ！　俺の勝ちだって言っただろうがぁあっ！」

シリウスに胸ぐらを押さえられた〝それ〟が、人間のふりをして言葉を発していた。

「後は任せた！」

サレハを背負い、遠くに見える村に向かって駆ける。

「アンリ、お前の負けだっ！　売女の子が勘違いするんじゃねえッ！」

「勝ち負けなど、どうでもいい！　俺は違う！　お前とは違うんだ！」

そうだ――俺は違う。俺はくだらない派閥闘争の為でもなく、乾いた玉座に座る為でもなく、人を一人でも救って違うと証明するのだ。

善行を成す聖人の道も、諸人を魅了する王の道も進まない。

どう足掻いても、俺は忌まわしい血を引くボースハイトの子でしかない。それが痛いくらいに理解できる。

「――俺は違う」

人を助けたいと、心の底から思えない。思ったことはない。

だから否定する。俺はボースハイトのまま、ボースハイトでない道を征く。それが俺の復讐であり、母上の墓前に捧げる花の代わりになると信じている。

第17話 光あれ

Expulsion prince of out-of-skill, infinite growth in a mysterious dungeon

エイスは遠くに消えていく弟を、罵声を飛ばしながら凝視していた。

だがそれも直ぐに終わる。シリウスに胸ぐらを掴まれたまま、小高い丘の上まで引きずり回され、そこでまた仰向けにされては、下等な獣人を見上げるしか無かった。

日輪の輝きが眩しくて、鬱陶しくて、目を忌ま忌ましげに細める。

舌打ちをしそうになる気持ちを抑えて、エイスは相手の出方を窺っていた。

「洪水を止める方法は？　言えば命が助かるかも知れませんよ」

「無い」

「これは王国全体の意思か、それとも貴様自身の蛮行か？」

「さあねえ。もしかすると、大軍が明日にでも来て、獣人を皆殺しにするかもなあ」

「ふむ……真面目に答える気は無さそうですね」

シリウスが顎下で拳を握り込むようにして考え込んでいるが、沈思が終わると同時に右足を上げて――エイスの肩を踏み抜く。

「――ッぐぁあぁッツ！」

ガゴッ、と鈍い音がしてエイスの上腕骨が砕けた。

「答えろ」

「――ッつつ、ク、くかか。誰が答えるか、よ」

「おや我慢強い。術師の貧弱な体でよく耐えるものです」

シリウスの冷淡な視線に晒される中、エイスは相手の出方を待つ。

「あの子は母の事を気にしていました。貴様が殺したのか？」

「それは……違う。俺ではない」

「珍しい。どうやら本当のようですね。瞳の動きは雄弁だ」

今度は堪えていた舌打ちが出てしまう。

だが、まだ生き延びる術はある、とエイスは考える。どんな聖人君子でも欲は少なからず持っているもので、そこを突く方法は熟知していた。

「シリウスか……なあ、話が有るんだが聞いてみないか？」

「何でしょうか？　言ってみて下さい」

「村は悪かったなぁ。アンリが帰ってくる前に話をしようぜ。俺とお前の力があれば、二人揃って王になれる計画があるんだ」

「興味深いですね。話しても良いですよ」

シリウスの尊大な言い方に腹は立つ。だが今は我慢すべき時だ。

「お前は俺をここで見逃す。そして俺はアンリの目の届かない所でアンデッドの軍勢を作る。お前にアンデッドの一部を貸すから西方を平定するんだ。そして出来上がった最強の軍勢で王国そのものを手中にする」

「ほう」

「俺はヒュームの王に、お前は獣人の王となるんだ。当然、俺の方がちょっとは立場は上だがな。全てを手に入れ、全てを傅かせようぜ」

「面白い。では貴方が私の主になると？」

「嫌だったかぁ？　そんなに嫌なら同列にしてやっても良いぜ」

「咎人と同列？　今までで一番面白い冗談だ」

「何を……言って……」

シリウスがゴキゴキと指を鳴らす。鋭い爪が殺意を発しているようだった。

「私からも提案です。今から出す質問に答えられたら、私は貴方の臣下となりましょう」

「あ、ああ……言ってみろ」

嫌な予感がエイスを襲うが――今は答えるしか無い。

魔力はとうに空っぽでスケルトン一体すら召喚できないのだ。

「貴方が今まで殺した者達。その名前を全て言って下さい」

血の気が引く。こいつは自分を殺す気だと。

答えられない質問を投げかけて、気に入らなければ殺す腹づもりだ。

「ふざけるなぁッ!!　そんなの、答えられるわけがッ!!」

「普通の人間は答えられます。殺した人の数だけ、悪夢に苛(さいな)まれ、足取りが重くなるものです。さあ、最初は誰ですか？」

「メ、メイドだッ！　王宮で働いていたッ！」

遥(はる)か昔に不手際をしたメイドを殺したことがあった。貴族の子女でもなく、平民の出であるため、誰一人としてエイスに文句を言う者は居なかった。

「名前は？」

「分からねえ……なあ、何なら俺がお前の下についても良い。頼むよ……」

シリウスがため息をつき、最後の情けとばかりに一本の指を立てる。

「では最後の質問です。過去の侵略では氏族に死者が出ました。名を言えますか？」

「ふざけやがってッ!!　最初から遊ぶつもりだったな、獣人がぁぁあッッ!!」

「ジエルド、オルダ、ソルス、ドラス」

「知らねえって言ってんだろッ！」

シリウスの瞳に憤怒（ふんぬ）の炎が燃え上がる。

「そしてアルカラ……知らないでしょう。知りもしなかったでしょう。それがお前の罪。苦しみの中でもがいて、贖（あがな）え」

瞬間、シリウスの鋭い爪が胸に食い込む。何かを探すように体内を駆けずり回り、脈動する心臓が摑（つか）まれていると感覚で理解できた。

「ふ、ざける……なぁ……オ、れは……」

「それと、初めてを血族殺しにはさせない」

血が喉（のど）に詰まって上手（うま）く喋（しゃべ）れない。目の前のシリウスが手を握りしめていくが、不思議と痛みはそこまで無い。薄い意識の中、今までの人生が逆回りで脳裏に蘇（よみがえ）る。

アンリを殺し、王となるために王宮を出たあの日。

つまらない世辞を言う王宮の馬鹿どもに辟易（へきえき）する日常。

派閥争いで死んでいく兄弟。

興味を示してくれない母。

「あ、あ……そう……だ、俺は……」

――記憶が鮮明に蘇る。アンリが生まれてから少し後、エイスは新しく生まれた弟を見ようとして、王宮の庭に出向いた。そこにアンリの母親が居た。美しい灰色の髪。慈母の微笑み。そして胸元に息子を抱いて、心底幸せそうにしていた。

「あ、ぁああ……」

――その光景が只々、恐ろしかった。知らなかった。あんな風に笑いかけてくる存在が世界に存在するなど。

「おれ、は……」

眼前には牙をむき出しにして猛るシリウスがいる。

「嫉妬、して……いたのか」

体の中でグジリと嫌な音がして、何かが弾けた。

「は、はは、は……」

もう何も見えない。口元から溢れる血が熱くて、鬱陶しくて、今は、全てが終わるのが、ただ待ち遠しい。

「今さら……か……」

光が見えた気がしたが、もう遅い。

第18話 悪意ある濁流

Expulsion prince of out-of-skill, infinite growth in a mysterious dungeon

地鳴りから逃げるようにして、村に向かって駆ける。

背中に感じる体重は軽い。サレハはまだ十二歳だっただろうか。

「ごめんなさい……僕のせいで……村が……」

自戒の声が聞こえるが、誰のせいかと問われると疑問が残る。

「全部任せろと言っただろう」

「兄様……」

恐らくだがエイスはもう死んでるだろう。

シリウスという男は同胞の仇を見逃すほど、甘い男とは思えない。

村が近づいてくると、スケルトンや黒獅子の死体が草原を埋め尽くさんばかりであった。

死霊術師の死により体を固定できなくなったのだ。

「サレハ、王宮で頼れる人はいる——」

言いかけて止める。サレハの母である第四王妃は幽閉されているし——そもそも彼女は敗戦国の戦利品扱い。俺と同じく王宮では孤立している。

「——凡人は考えるより、まず手足を動かすべきだな」

俺の胸元に回されている手は細く、かすかに震えている。

死体の間を縫うようにして走り、防壁の上に跳躍して登った。

「アンリ！　この地鳴りはなんなの⁉」

汗だくのトールが魔導銃を両手に問うてくるので、すうと深く息を吸い、村中に聞こえる大音声で叫ぶ。

「水攻めだ！　北にある川が氾濫（はんらん）したっ！　今すぐ村を放棄して高台に逃げるんだっ！」

「えええええっ‼」

「トールは聞き逃したものが居ないか村中に触れ回ってくれ」

「りょ、りょーかい！」

こうなってはもはや防衛どころではない。いかにこの場を乗り切るかだ。

「おい、長（おさ）はなんと言われていた。村を放棄していいのか⁉」

若い戦士が声を荒らげつつ、不安そうな顔で言った。

「め、命令をくれっ！」

逡巡（しゅんじゅん）、シリウスから細かい指示を貰う（もら）時間はなかった。

「死霊術師は死んで、戦争は終わりだ！　若者は老人や子供を背負って避難！　財産を持ち出す暇は無いぞ！」

「お、おう！」

「ゴレムス！　羊と山羊（やぎ）を担げるだけ担げ！」

大声で命令すると、ゴーレム達はこちらを一度振り返り、親指をグッと立てる。

〝任せてくれ〟と言いたいのだろう。そんな感じがした。

焦る気持ちを押し殺しつつ振り返れば、遥か遠くから濁った水が押し寄せてくる。

「お兄さんっ！　お爺（じい）ちゃんとお婆ちゃんが！」

シーラが青ざめた表情で駆け寄ってくるので、防壁から飛び降りて村の内部へ入る。

「逃げ遅れか？」

「違うんです……逃げようとしなくて、村に残るって言うんです！」

「だぁあああああっっ！　訳がわからん！　案内してくれ！」

「こっちです！」

シーラに手を引かれてシリウスの家に入る。敷物の上には憮然（ぶぜん）とした表情の二人の老夫と一人の優しい顔をした老婦が座っていた。

「逃げますよご老人方！　この村は水底に沈みます！」

「知っておるわ若造がっ！　指図をするでないっ！」

かつては戦士だったのだろうか、見るからに頑固そうな老夫が唾を飛ばしてくる。

「なぜ残ろうとするんです!?」

「違うッ！」

「何が違うと言うんだッ！」

「黙れッ！　少し考えてみい。羊や山羊は水で死に、この地は何年も住めなくなる。一族は放浪の民となり、明日の糧にも困るじゃろう」

「それは――」

「戦えぬ老人は枷となる。どこぞの氏族に身を寄せるにしてもなあ、ワシらは邪魔になるんじゃい。それなら祖霊と一緒にこの村で眠りたいと、そう願う」

強い意志を発する眼光に圧倒されそうになる。

「シーラとサレハは高台へ逃げろ。ガブリールも……頼んだ」

「でも……」

「頼む」

逡巡を見せたシーラだったが、サレハと一緒に部屋から出ていく。小さな二人の足音と、寄り添うような狼の足音、遠ざかっていく音を聞いて少し安心する。

「時間が無いっていうのに」

遠くから地鳴りが響く。足元が震え、家が軋んだ。

「……アンリと言ったか。儂らはもう充分生きた。さっさと逃げなさい」

もう一人の老夫が声を発する。

諦観による死の受容、道を繋ぐための挺身。

俺に力を与えた吸血鬼トゥーラ、身勝手で哀れな——どこか映し鏡を見るような気分にさせてくれた兄。彼らは死を間近にして独特な目を見せた。縋るようで、どこか救いを求めるような。

「そうそう。最後にシーラちゃんが来てくれて嬉しかったわあ。もう充分よ」

顔に深い皺が刻まれた老婦が続ける。

「そうだクソガキがあっ！　老いたとは言え、儂らは誇り高き狼の末裔。よそ者に助けを乞うほど堕ちとらんわッ！」

若い頃はさぞ勇敢な戦士だった事が窺えるほどに元気一杯だ。

見なければ良かった。顔を見て声を聞いてしまった。見捨てればこの人達が毎晩夢枕に立ちそうな気がする。

老人達三人が代わる代わる呪詛を吐く光景はなんとも恐ろしい。

「日々の糧は俺が面倒を見る」

背中に老婦を背負い、両腕で二人を無理やりに掴む。

「こりゃあっ！　放さんかクソガキッ！」

腕の中でギャアギャアと騒ぐ老夫を無視してドアを蹴破って、高台を見上げる。

ある者は子供を抱え、ある者は妻の手を引き、懸命に急勾配を登っていた。子供を四人ほど降ろしたフェインが肩で息をしている様子が、遠くに見えた。

丸太の防壁に土混じりの濁流がぶち当たる音がした。めきり、めきりと嫌な音がして、時間がないということを俺に知らせてくれる。

「皆さん。残念ですがもう時間がありません」

「だから置いていけと言ったじゃろうが!!　馬鹿者が!!」

「ちなみに鳥はお好きですか？」

「いきなり何を！　ほ、ほんのり怖いぞっ!!」

フェインがこちらを見つめているが、村へ戻るべきか悩んでいるのだろう。高台にはフェイン、その道中にゴーレム達、濁流は迫り、三人を抱えて走るのでは間に合わない。

「ゴレム――――スッ！　フェイイイイ――――ンンッッ!!」

力の限りの大声を出すと、彼らは気づいたようで手を振ってくれた。

「これからッッ!!　そこまで投げるッッ!!　受け止めろおぉおおおッッ!!」

フェイン達が腕を振り回して了承の意思を示し、老夫達は顔面蒼白で見上げてくる。

「さあ鳥になりましょう。どちらから行きますか？」

「絶対に嫌じゃあぁああ!!　死ぬうっ!!」

「あぎぎぎぎ……」

「あらまぁ」

両腕の老夫がこれでもかと暴れる。

だが俺の腕力から逃れられると思うな。無駄に鍛えてあるのだ。

「誰から行きましょうかね」

「放さんかいっ!　ええい、こりゃあっっ!」

「貴方の方が元気ですね……良しっ!」

「何一つ良くないわいっ!!　頭おかしいぞお主!!」

心外だ。命を懸けて人命救助に努めていると言うのに。

「心を凪いだ水面の様に保って下さい。後は時間が解決してくれます」

「やじゃぁあ!　やじゃぁあああああっ!」

「戦士がギャアギャアと。祖霊が見ていますよ……」

「人でなしぃ――！　祖霊だって魂消ておるわいっ！」

赤ん坊、いやボケ老人のように駄々を捏ねられる。まだ少し早いのでは？

濁流は待ってくれないので、三人を素早く下ろして、元気な方の老夫を両手で掴む。

――そして全力をもって投げる。老夫は悲鳴と共に綺麗な放物線を描き、ゴレムスが華麗にキャッチ！　頼りがいの権化であるゴレムスは勢いよく振りかぶり、そしてフェインに向かって投擲。十秒ほど飛んでから老夫は華麗に受け止められ、フェインは獣のような雄叫びを上げた。

「次は貴方です！　さあ時間がありません！」

「あわわわわ……いや、儂は生まれ育った村で死ぬから……」

「俺が死なせはしない」

「格好良く言えば、丸く収まると思うなァああ――――」

返答を聞く前に胸ぐらを掴んで同様に投げる。どこかでシリウスの悲鳴が聞こえた気がしたが、たぶん気のせい。

「可愛い顔して凄(すご)いわねえ。それはそうと水が迫ってきてるわよ」

残った老婦を背負うとそう言われた。

濁流はすぐそこまで迫り、背後にあるシリウスの家が、今まさに飲み込まれた。嫌な音を立てながら倒壊し、水と一緒に家だったものが流れてくる。

「喋(しゃべ)ると舌を噛(か)みますっ！ しっかりと俺を掴んでっ！」

目指すは防壁の向こう側、高台へ向かって全力で駆けた。


「貴方は阿呆(あほう)です……思っていたより数倍……なんて事を……」

げっそりとしたシリウスに叱られて、俺も意気消沈していた……。

「聞いているのですかアンリッ！ 礼は言いますが手段というものがですねっ!!」

「まあ良いじゃありませんか長よ。みんな助かったんだし」

「お前もだフェイン!! 途中から楽しんでいただろうが!!」

「だってあの爺さん達口うるさいし、俺様をいっつも叱るんだもん！」

シリウスが銀髪を掻(か)きむしる。そこまで悩むと頭髪が薄くなりそうだ。

先程の老夫は二人そろって泡を吹いて倒れているが、治癒ポーションがあれば何とかなる。

「エイスは死にました。戦は終わりです」

疲れた様子のシリウスがこちらをじっと見つめてくる。

「貴方の復讐を奪ってしまいました」

「いや、もういいんだ。これからの事を話そう」

眼下に広がる村は、いや村だった場所は惨憺たる光景となっている。

魔力を含んだ激流は家々を破壊し尽くし、無理やりに流れを変えられた河川は果たして元に戻るのだろうか。

いや――元に戻っても、泥濘んだ地盤の上に家は建てられない。それまで銀爪氏族の民が安息に過ごすにはどうすべきか？

「我々は他氏族に頭を下げて、傘下に入ろうと思います」

「アテはあるのか？」

「何とかなりますよ。お気になされず」

そんな訳がない。彼らの慣習を考えると、先祖伝来の地を捨てた集団というのは半端者の扱いを受ける。快く受け入れる氏族があるわけがない。

「それと、サレハはどうするのですか」

「俺の領地で匿おうと思う。今回の一件でサレハは王家の派閥闘争の火種になってしまった。戻れば必ず死ぬ」

サレハの顔を見る度に、王宮で受けた傷がじくじくと痛むが、俺は救うべきなのだ。もしここに母が居たとすれば、絶対にサレハを見捨てない。

「そうですか」

シリウスが俺の頭を乱暴に撫でてくるので、髪の毛がボサボサになってしまった。

「……サレハを許すのか？」

「許すも何も、彼女が関与した戦いでは一人も死者は出ておりません」

「ありがとう……それとサレハは男だ」

「えっ⁉」

「……まあ、それはそうとして親無し子が流浪の民となって暮らすのは辛い。フルドには安心して暮らせる家と、飢えることのない生活が誰よりも必要だ」

「残酷なことを言われる。雲上人の考えです、それは……」

シリウスが深いため息を吐いてから、村の方をじっと見つめた。

「だから、しばらくは俺の領地で羽を休めて欲しい。決して悪い扱いにはしない。王国民と同じ待遇にして、決して無下には扱わないと誓おう」

一時的に領民になってもらい、落ち着いてから身の振り方を考えればいいのだ。

そんな俺の言葉にシリウスは驚いた顔をしていた。

「魔物だらけの草原が俺の領地で、家も一軒しか無い。だが百人くらいなら養える算段はあるし、遺物の力を借りれば何とかなるさ」

「異種族の我々を受け入れると言うのですか？」

「別に俺はヒュームが好きな訳ではないし、獣人でもエルフでも構わない」

「驚きました。ヒュームは冷酷で残忍、さらに王の家系に連なるものは悪逆非道で神の如き力に堕落している……と村では言い伝えられていましたので」

「間違ってないけどね、それ」

俺達の会話を聞いていた周りの大人がざわめき出すが、シリウスが右手を上げると、水を打ったように鎮まる。

「聞け！　同胞達よ、彼(か)の者は我々を受け入れると言われた！　私は今、此(こ)の時より氏族長から降り、アンリ、いや新しき主(あるじ)の槍(やり)となることを祖霊に誓おう！」

「ん？」

「新しき長(おさ)、正統なる支配者に戦士の誓いをっ!!」

瞬きするほどの静寂を挟んで、意を察した戦士達が槍を片手に声を張り上げた。鼓膜がビリビリと震えるほどの大音声の中、俺はシリウスに詰め寄る。

「なんで俺が長に⁉　隷属を求めたつもりは無い！」

「長が二人いるとややこしいのです。祖霊の誇りに泥を塗った私より、誰よりも勇敢に戦った主の方が心証はよろしいかと。それに土地の支配者が長になるのは当たり前では？」

「シリウスは勘違いしている。俺は立派な人間ではなくて――」

「それもまた一興。未熟な主君を支える臣というのも悪くありません」

「ぐぅ……」

「ポーションの代金もまだ支払えてないのです。槍働きでお返ししましょう」

「詭弁(きべん)だそれは。はぁ……俺の領地には色々と秘密が多い。領民になると言うのなら、簡単に外には出さんが、それでも良いのか？」

「ええ、承知しました主よ」

わあ、と歓声が上がる。その場の雰囲気というのは恐ろしいもので、同調する好意的な視線と言葉は病気のように周りに感染していった。

なまじシリウスが尊敬される指導者であった為、彼の言葉に反論するものは誰も居ない。

思いがけずに――俺は一気に百人余りの領民を抱える事になってしまった。

第19話　白鏡の大塩湖

銀爪氏族（シルバークロウ）の集落からの帰路、北方ではめったに出来ない水遊びをシーラ達は楽しんでいた。

足元の冷たい感触は塩水――だけど、ここは海ではない。

塩湖。いや大きさからすると大塩湖と形容すべきだろう。シーラはワンピースの裾（すそ）が濡（ぬ）れないように手で摑みつつ、空を鏡映しにした広大な塩湖の浅瀬を歩いている。

上も下も分からなくなるような、神秘的な風景。息を呑（の）む美しさとはこういう場所の事を言うのだろうか。

「きれい？　どう？　どう？」

「綺麗……まるで空を歩いているみたい」

「ふふん！」

得意げにするフルドを見て思わず心がほころんでしまう。自分達の領地である塩湖が褒められると嬉しいのだろう。

「へちょ姉……げんきないね……」

「お兄さんと喧嘩したみたいで……」

シーラの姉は俯きながら塩湖を見つめたり、たまに水を蹴ったりしている。

戦争が終わってからというものの、嘆息の数は増えて食欲も落ちた。話す時は笑みを浮かべたりもするが、シーラからするとそれが空元気だと一目瞭然であった。

「げんきだしてー、へちょ姉ー」

フルドが両腕を伸ばしながらトールの腰を揺すっている。

「へちょ姉って何……あたしのこと……？」

「うん」

「何で、へちょ姉なの？」

「へちょいから」

「お子様に舐められてる。あたしって……そんなに……へちょいかなあ？」

へちょへちょ言い合う二人。シーラはあだ名の起源が自分であることをごまかすようにして、話題を変えさせる。バレると後々面倒なのである。

「人には触れられたくない部分があるんだよ。一緒に謝りに行く？」

「……後でね」

「私ね……お姉ちゃんがタメ口で話し始めたときから危ないなーって思ってたの。いつか怒らせるんじゃないかって」

「何で追撃するのぉっ⁉　妹がいじめる……それにアンリが良いって言ったし……あたしもその方が仲良くなれるかなって……うぅ」

トールがウジウジと悩むのは非常に珍しい。

人間関係において苦労することなく、誰にも物怖じすることのない彼女が、今では年相応の少女じみた顔をしていた。

「あっちの岩の上に居るから、一緒に行こ？」

「うん……」

「ふふ、お姉ちゃんの手を引いたの、これが初めて」

「そうかも。なんだかシーラが大きく見えるわ」

塩湖の中程にはせり出すようにして大岩がそびえ立っている。その上にはシリウスとアンリが腰掛け、水平線まで続く塩湖を眺めていた。

三人は意外と登りやすい岩を半ばまで登り、陰からそっと聞き耳を立てる。

「塩が交易品だと言っていたが、ここで採っていたのか」

「はい主よ。他氏族との取り決めでここは銀爪氏族（シルバークロウ）が権利を所有しております。ですが……今回の騒動により危うくなるかと」

「塩は貴重だ。北方戦役で輸入が途絶えて、王国は深刻な塩不足だからな」

「ここに護衛を残したいところです」

「そうだな……今後を考えてゴーレムを置いておこう」

何やら難しい話だった。権利がどうこう、周辺国家との軍事バランスがどう、王国は今後どう動いて来るだろうか、などなど。二人して真剣な顔で話し込んでいる。

「ふわぁ～、たいくつ……」

あくびをするフルド。シーラからしても話の半分以上が理解できない。

シーラにとって、親身になって話を聞いてくれたり、子供に優しくするアンリは——まるで兄のようだと思えた。だけどこうして難しい話をしていると、どうしても貴族だという事を思い出してしまう。

隣に立つ事すら不遜（ふそん）。ましてや自分達は異種族なのだ。対等に口を利くことすら本当は出来ないのだろう。

「トールには謝ったのですか？」

「うーん…………まだだが」

隣のトールがビクリと肩を震わせ、不安げな顔でこちらを見てくる。

指を口に当てて『もう少し話を聞こう』と双子ならではの以心伝心で心情を伝えた。

「あれだけ盛大に怒鳴り散らしたのです。さぞ気まずいかと存じます」

「かなりな」

「私が一緒に謝って差し上げましょうか？」

「それだと情けなさすぎる。また今度……俺の方から謝ってみるよ」

「また今度と宣う人間は、往々にして取り返しが付かなくなるのですよ」

膝を抱えるアンリはとても遠い目をしていた。このまま消えてしまうのでは、ふらりと何処かに旅立ってしまいそうな儚さが——シーラを不安にさせる。

「んしょ」

「あっ、危ないですよ……」

小声で制止したシーラだが、フルドはお構いなしに岩を降り始めて塩湖の中を走っていく。後を付いていくシーラ達は歩数と同じだけ波紋を残し——十歩進んだフルドは悪戯っぽい顔をして、両手を水につけた。

「おりゃっ——！」

「きゃ——！」

水しぶきが襲ってきて、服がべっしょりと濡れた。

「りゃ――！」

「いやっ――！　つべた！」

トールも同じ要領で水浸しにされる。服を絞って水を滴らせる彼女は歯を見せながら笑い、お返しとばかりに水を掛ける。

「……やったわね！　覚悟しなさい！」

「びゃぁ――！　つめたい！　つめたい！」

三人とも塩水でびしょ濡れである。これは服を洗うのが大変だな、と思いながらシーラも控えめに水合戦に参加する。

「洗濯用の水は沢山あるから、遠慮することはない」

アンリが岩の上から声をかけてくる。逆光のせいで顔は見えないが、とても優しげな声。文字を教えてくれたあの夜と同じ、少しの寂しさが混じったようなそれだ。

「主よ」

「ん、どうした？　おい……危ないだろ。いや、何をしているんだ……？」

「大丈夫です。すぐに終わります」

「タイミングの問題ではない！　それ以上に大切なことがあるだろうがぁっ！」

「失礼をば」

ジリジリとにじり寄るシリウスが、岩の崖に座るアンリを突き飛ばした。

「あぁああぁっ――――！　嘘だろ！」

悲鳴を上げながら落下し、背中から水面に落ちるアンリ。高さはそれ程でもないから怪我はしていない。

「びしょ濡れじゃないか！　何をするシリウス、裏切ったな。俺の心を裏切ったなあ！」

「たまには童心に返って水遊びなど如何ですか？　戦士の休息です」

「口で言え、口で！」

「言っているじゃないですか」

「事前に言え!!　ったく。暖かいからすぐ乾くだろうし、まあ良いが」

不承不承とこちらを見てくるアンリ、気まずそうにトールと目線を交わし、頬を指で掻いた。当のトールも目線を泳がしながら右往左往している。

（やだ……うちのお姉ちゃん、面倒くさい……）

そんな事を考えていると、アンリが心を決めたのか口を開く。

「これから……領地に帰るが、付いてきてくれるか……？」

「もちろんです。またポーションを頑張って作ります。ね、お姉ちゃん？」

「うん……ごめんね、アンリ」

「謝らないでくれ。俺が悪いんだから」

また気まずい雰囲気。何かを感じ取ったのか、フルドが頬を膨らませ、小さな手を水の中に入れる。

「くらえっ――――！」

水しぶきがアンリを襲い、藍色のシャツが水気を含む。肌に張り付くような薄布から水がポタリ、ポタリ……と落ちていて、どこか生々しいほどの艶めかしさがあった。

（…………！　ううん。見すぎると良くないよね……？）

皆は気にしている風はない。ならば自分だけがおかしいのだとシーラは気づく。またむっつりと言われるのは嫌なので、周りに倣って知らんぷりを貫き通した。

「冷たい！　やったな！」

羽交い締めにされたフルドが嬉しそうに笑い声を上げる。

アンリは暫し戯れてからその場に腰を下ろし、笑った。

「ヒュームと獣人とエルフが水遊びか」

「うん、国の皆が聞いたら驚きそう」

髪から水を滴らせるアンリ、服の裾を絞るトールが破顔して答えた。

「帰ろうか。家に」

「そうね。帰ろっか」

トールが手を差し出し、アンリはそれを頼りに腰を上げる。上等な服から水が滴り落ちる中、意地悪そうな顔を岩に向けた。

「あそこに居るシリウスが退屈しているな。皆、水遊びに入れてやろう」

アンリが鞘(さや)に収められたままの剣を、水面に沿うように一閃(いっせん)する。

すると水面に走る衝撃が大波となって岩を覆い尽くした。

「何をするのですか！」

濡(ぬ)れた耳をへたらせたシリウスが怒る。烈火の如く。

「おらぁあっ!!」

アンリが岩を蹴(け)り上げる。空気を震わす一撃は大岩を転がす程だった。

「あぁああぁっ――!!　傾く、傾いております!!」

「皆でシリウスを取り囲め！　濡れ鼠(ねずみ)にするんだ！」

岩から跳躍して逃げるシリウスを皆で追った。白鏡が如き大塩湖に――水を蹴る足音の分だけ、笑い声が響いた。

エピローグ

「――と言う訳で、今日からまたよろしくお願いします」
《どちら様でしょうか？》
石碑の部屋の主ル・カーナはわざとらしく、そう言った。
もしここに鏡があればひくつく俺の頬が見えるだろう。
《それにしても――余りにも長いお留守番でした。待ち人来ずと春風に想いを乗せるのは女に許された特権なれど、危うく腹いせに個体名アンリを死亡登録するところでした》
「日も差さない部屋で男日照りになっていたんですね。申し訳ない」
《心無い人間の心籠もらない陳謝、誠に痛み入ります。階段を土で埋めて下さったことも私は生涯忘れることは無いでしょう》
「ええ、ちなみに百余りの領民を養う手段をご存じですか？」
《大地に感謝しつつ畑を耕し、雨が降れば主を称える賛美歌を歌い、収穫時には祭りでも

催せば良いのです。地に足着いた暮らしは万民を養うに相応（ふさわ）しい》

そんな悠長なことをしていれば飢えて死ぬ！

石碑を清潔な布で清めつつ、カーナのご機嫌を取ることにした。拭（ふ）けば拭くほど淡く緑色に光っていくので上機嫌なのだろう。

《ダンジョンに潜って遺物を集めるのです。それしか活路はありません》

「やはりそうか。これからもお世話になります」

《はい……こちらこそ……》

何だか不穏な感じ、やはりこのダンジョンはどこか怪しい。

《膨大な魔力を感じます。魔人でも外に居るのですか？》

サレハのことを言っているのだろう。魔力を使い切った弊害で寝込んでいるので、会わせることは出来ない。

それにサレハの存在について話す必要はないので黙秘する。

「踏破点を使うので、今から言うものを出して貰（もら）えますか」

《畏（かしこ）まりました》

「ええ、それでは汎用防壁五型（マギア・モウルス）から――」

民族大移動はつつがなく終わり、俺の領地には百を超す領民が槍や家財道具片手にあたりを見回している。

エイスとの戦争で村は壊滅したが、濁流を辿っていけば使える物は散見された。鍋とか槍とか、運べる物は可能な限り運んできている。

士気は未だ高いが、放っておけば悲しいくらいに落ちるだろう。草原で魔物の影に怯える日々は想像以上に心を弱らせる。

「まずは索敵と簡易家屋の建設からですね。私の方で獣でも狩り、テントに使う皮を採って参りましょうか？」

「遺物の力を使おう」

「ゴーレム達ですか、ですが……建築用の乾燥した材木が不足しております」

「いや、村をまるごと、一瞬で作ってみせよう」

「……？　熱があるのですか？　無理もありません、今日は休まれるとよろしい。私の方で万事滞りなく準備を進めますので」

「俺は正気だ」

トゥーラという男が居た。諦観の海に溺れた偉大な吸血鬼は、死を選び俺に力を残した。

だろうか。

尋常ならざる〝マナの全移譲〟という難事を彼が成し得たのは、特別な吸血鬼だったから

与える者が居れば、奪う者も居た。

エイス――矮小な兄は死んだ。王宮はこの死を近いうちに嗅ぎ取り、派閥闘争の力関係が揺らぐ。恐らくは何かしらの余波がこちらに来る。

「やるべき事は山のようにある」

もう百人余りの領民が居るのだ。穴蔵に籠もっている訳にもいかない。

外に出て、力を誇示する。俺は今日より領主となる必要がある。

「ゴレムス。まずは壁だ」

「諒解――防壁形状提案。四角、円形、星形要塞等」

それにしても踏破点という概念も異常だ。死んだ者のマナの殆どは空間中に溶けて消えゆくもの。カーナの言っていた〝マナの回収〟の主目的は何なのだろうか。

報酬の遺物も領地発展に関するものが多い。いや――多すぎる。俺達を釣る罠か、それとも思惑があるのか。善意だけとは思えない。

俺はダンジョンの法則を変える異物だ。それを取り除かないのにも理由がある。カーナが俺を気に入ったからお目溢しするなどあり得ない。

行動の裏には絶対に思惑がある。そう、人は善意で動くものではない。

「円形で頼む」

ゴレムス達が親指を立ててから汎用防壁五型（マギア・モウルス）の核を四十個——等間隔に置いていく。報酬で選んだのでゴーレムの総数も十になっている。塩採掘や外敵警戒に活（い）かせるだろう。

「汎用防壁五型（マギア・モウルス）を展開。全てだ」

「諒解」

鉄（くろがね）の核が弾（はじ）けて広がる。領民のどよめきを気にもせず、防壁は幾何学的な文様を浮かべ、淡い光を放ちながら建造されていく。少し待てば光も収まり、長大な防壁が俺達を取り囲むようにしていた。

見た目には黒煉瓦（れんが）。触って確かめるが見た目以上に堅牢（けんろう）そうに思える。

門は東西南北に一箇所ずつ。登り階段も用意されていて、普通の城壁と何ら変わることのない機能を有している。

高さも巨人ですら乗り越えられないくらいある。頼もしい。

これほどの建築——国力をつぎ込んでも一年は掛かるだろう。それを一瞬の内にせしめるとは古代人とはどれだけ優れていたのか。

「サレハが起きたら驚くだろうな」

「私はすでに驚いております。これが遺物……神代の建造物なのですね……」

防壁には踏破点を四千も使ったのだ、驚いてもらえると張り合いがある。

「報告――魔術弩砲(マギア・バリスタ)を東西南北に一台ずつ設置」

黒曜石のような材質の兵器が防壁上に鎮座していた。心躍るフォルム、敵陣を容易く粉砕する魔術の輝きが俺を高揚させてくれる。巨大兵器は好きだ。もっと欲しいくらいに。

「ありがとう。後は家を十軒だな」

「提案――ダンジョン入り口を中央広場の基点とし、そこから円周上の都市区画を設置」

「それで良し。もっと家は増えるんだ。効率的に配置するのが大切だ」

「諒解」

前と同じように家が建築されていく。少し手狭だが百人余りが住むのに今はこれで十分。足りなければまたダンジョンに潜ろう。

魔物に襲われないための防壁と兵器、心を安らがせるための住み処(か)――完璧(かんぺき)とは言えないが、これで容(い)れ物が完成した。

「百余りの領民だと、まだ村長って感じかな」

器の中身を満たそう。ここに住まうのは奪われた人達ばかり。国の事情に振り回され、あるべき幸福を失った人が殆どだ。

「俺はここを千年の都にしてみせる」

神でさえこの世に楽土を創ることは成し得なかった。ならば矮小なる人の身、神は俺をあざ笑い、否と唱えるであろう。

「気の遠くなるような時間です」

「トールとシーラにはそうではない。彼女達がもし、ここにずっと住みたいと言うのなら、最低でも千年先を見据えなければ」

だから俺も否と唱えよう。神々の力と言われる遺物。その力を活用して災いを撥ねつけるのだ。

「おや、あんな事をして。遺物でありますのに」

ゴレムスの肩にフルドが座っている。いつもより高い視点が楽しいのか、子供の笑い声が空にまで響き、周りの大人達も笑って見つめている。

ゴレムスも心なしか楽しそうだし、周りのゴーレム達も恨めしげに見つめている。

「参考までに聞きたいのですが、二人のうちどちらを寵愛されておりますか？」

「俺は誰とも結婚しないよ。父王が許さないし、俺自身もしたくない」

「では、なぜ異種族の彼女らをそこまで大切になさるのです？」

「笑うから言わない」

人に伝えるには滑稽で惨めな思いがある。それは自己矛盾しているし、誰にも知られたくない。シリウスは笑わないだろうがきっと気にする。世話を焼かれるのはゴメンだ。

「家名にも、神にも誓えないが母から頂いた名に誓おう。この村に住まう者の暮らしはアンリの名の下に守ると」

「私も槍を捧げましょう。あらゆる悪徳から主と領民を守るため、一命を賭します」

「そうだな。俺とシリウスが一番戦闘力がある。働いてもらうぞ」

「承知しました。それとアンリの名は母君から賜ったのですね。由来をお聞きしても？」

「笑うから嫌だ」

「笑いませんよ。さあ」

意外とグイグイ来るシリウスである。嘆息の代わりに仕方無しに教える。

「古い言葉で〝家を守る者〟を意味するんだが……誰にも言うなよ？」

あとがき

皆様は後書きはお好きでしょうか？　私は好きです。

読者気分が未だ抜けぬ私なので、好きな作者にはどこか神性を感じております。なので内面は正直見たくない。作品以外のところで幻滅したくないのです。けれどもっと作者のことが知りたいな、と思う二律背反センチメンタリズムも内包する私にとって、後書きは非常に良い塩梅の単方向コミュニケーションなのです。

後書きが明るいものであれば「なんて朗らかな人なんだ……」となりますし、硬いものであれば「なんて真摯に作品に向き合っている人なんだ……」と私は勝手に解釈します。このように好感度が自動的に上がるシステムが採用されており、ついつい私は次の巻を手に取ってしまうのですね。

そして満杯になった本棚に頭を悩ませる日々が続いてしまうのでした。

はじめまして、作者のふなずと申します。

後書きから読み始める方の為に説明いたしますと、本作『外れスキルの追放王子、不思議なダンジョンで無限成長』はＷＥＢ版を一から書き直したものなのです。そのため設定や人名、展開もかなり変わっておりまして、WEB版既読の方も新鮮味を感じつつ楽しめる一冊となっております。

内容としましてはオーソドックスな辺境領地発展物語で、まさに人気ジャンル。そこにスパイスとしてダンジョンの謎・王族の因縁をふりかけてあります。ちょっぴりダークでウェットな一面もありますが、遺物パワーでアンリ達は暗雲を吹き飛ばしてくれると信じております。

ちょっとだけ先のことに触れますと、ダンジョン内にはなぜか住み着いている人達が居ます。もし二巻があるならばそういった人達との触れ合いが描けるかも知れません。乞(こ)うご期待。

ここからは謝辞を。

私のふにゃふにゃな改稿相談に付き合ってくださった編集様。「ウィル（骨）の出番をカットしますか？」との提案をさり気なくスルーしてすみませんでした。どうしても残したかったのです。

素晴らしいキャラデザと美麗な挿絵を担当してくださったイラスト担当の珀石碧(はくいしあおい)様。自分の考えたキャラがイラストになるのはこの上ない喜びです。

また矛盾だらけの本文をばっちり校正してくださった校正担当様。すでに開いているドアを再度アンリが開けようとしていたのは私も驚きました。すみませんでした……。

WEB版を応援してくださった皆様。多くの閲覧と感想があったからこそ、一年以上の連載を楽しく続けられ、書籍化まで辿り着けました。

そして今この本を手にとって頂いている皆様に御礼申し上げます。

ふなず

外れ(はず)スキルの追放王子(ついほうおうじ)、不思議(ふしぎ)なダンジョンで無限成長(むげんせいちょう)

著　ふなず

角川スニーカー文庫　22579

2021年3月1日　初版発行

発行者　青柳昌行

発　行　株式会社KADOKAWA
〒102-8177 東京都千代田区富士見2-13-3
電話　0570-002-301（ナビダイヤル）

印刷所　株式会社暁印刷
製本所　株式会社ビルディング・ブックセンター

Printed in Japan　ISBN 978-4-04-111127-7　C0193

★ご意見、ご感想をお送りください★

〒102-8177 東京都千代田区富士見 2-13-3
株式会社KADOKAWA　角川スニーカー文庫編集部気付
「ふなず」先生
「珀石碧」先生

角川文庫発刊に際して

角川源義

第二次世界大戦の敗北は、軍事力の敗北であった以上に、私たちの若い文化力の敗退であった。私たちの文化が戦争に対して如何に無力であり、単なるあだ花に過ぎなかったかを、私たちは身を以て体験し痛感した。西洋近代文化の摂取にとって、明治以後八十年の歳月は決して短かすぎたとは言えない。にもかかわらず、近代文化の伝統を確立し、自由な批判と柔軟な良識に富む文化層として自らを形成することに私たちは失敗して来た。そしてこれは、各層への文化の普及滲透を任務とする出版人の責任でもあった。

一九四五年以来、私たちは再び振出しに戻り、第一歩から踏み出すことを余儀なくされた。これは大きな不幸ではあるが、反面、これまでの混沌・未熟・歪曲の中にあった我が国の文化に秩序と確たる基礎を齎らすためには絶好の機会でもある。角川書店は、このような祖国の文化的危機にあたり、微力をも顧みず再建の礎石たるべき抱負と決意とをもって出発したが、ここに創立以来の念願を果すべく角川文庫を発刊する。これまで刊行されたあらゆる全集叢書文庫類の長所と短所とを検討し、古今東西の不朽の典籍を、良心的編集のもとに、廉価に、そして書架にふさわしい美本として、多くのひとびとに提供しようとする。しかし私たちは徒らに百科全書的な知識のジレッタントを作ることを目的とせず、あくまで祖国の文化に秩序と再建への道を示し、この文庫を角川書店の栄ある事業として、今後永久に継続発展せしめ、学芸と教養との殿堂として大成せんことを期したい。多くの読書子の愛情ある忠言と支持とによって、この希望と抱負とを完遂せしめられんことを願う。

一九四九年五月三日

著 相野 仁 画 桑島黎音
Author: Jin Aino
Illustration: Rein Kuwashima
日常ではさえないただのおっさん、
本当は地上最強の戦神
この男、
向かうところ敵無し——
日常に紛れる、とある最強戦士の英雄譚。
シリーズ
好評
発売中!
地道な雑用を進んでこなす“さえないおっさん”ことベテラン冒険者・バル。街の人々に慕われるそのおっさん、実は——帝国が誇る“八神輝”の一角として、地上最強の異能を振るう“戦神”バルトロメウスその人で!?
スニーカー文庫